Wilhelm Schreiner

Hohe Fahrt

Bilder und Skizzen aus dem Seekrieg

Wilhelm Schreiner

Hohe Fahrt

Bilder und Skizzen aus dem Seekrieg

ISBN/EAN: 9783954272020
Erscheinungsjahr: 2012
Erscheinungsort: Bremen, Deutschland

© *maritimepress in Europäischer Hochschulverlag GmbH & Co. KG, Fahrenheitstr. 1, 28359 Bremen. Alle Rechte beim Verlag und bei den jeweiligen Lizenzgebern.*

www.maritimepress.de | office@maritimepress.de

Bei diesem Titel handelt es sich um den Nachdruck eines historischen, lange vergriffenen Buches. Da elektronische Druckvorlagen für diese Titel nicht existieren, musste auf alte Vorlagen zurückgegriffen werden. Hieraus zwangsläufig resultierende Qualitätsverluste bitten wir zu entschuldigen.

Hohe Fahrt!

Bilder und Skizzen aus dem Seekrieg.

Von

Wilhelm Schreiner.

Mit Buchschmuck vom Verfasser.

Leipzig

Druck und Verlag von Philipp Reclam jun.

Vorwort.

Die Geschichte des Seekrieges wird erst später geschrieben. Naturgemäß. Also bieten die folgenden Skizzen keine Geschichte? Insofern nicht, als sie nur Einzelbilder sind, zwischen denen manchmal breite Lücken klaffen; auch insofern nicht, als sie eben nachgestaltete, nicht aber erlebte Wirklichkeit sind.

Und trotzdem bieten die Skizzen Geschichte, denn sie entstanden in allen bedeutsamen Zügen aus den Erzählungen von Mitkämpfern.

Uns im Binnenland wird das Einfühlen in die gewaltige Wirklichkeit des Krieges zur See ungleich schwerer als in die des Landkrieges, weil wir zu wenig Vorstellungen besitzen über das „Wie“ des Kampfes auf See, um das „Daß“ der mageren amtlichen Berichte so nachzuerleben, wie es unser heißes Herz begehrt. Damit wir das können, dazu schrieb ich.

Sieghaft und kühn trotzt sie dem Feind, Deutschlands junge Flotte! Wie Siegfried Fafner, so drängt sie ihn. Und wird ihn erschlagen! Ein Heldenlied trägt uns der Kriegsklang vom Meer donnernd herüber.

„Hohe Fahrt!“ schlagen die Schrauben. „Hohe Fahrt“ zieht siegestrotzig der Heldengeist, der all die Tausende durchglüht, die unter deutscher Flagge die stählernen Burgen bergen. „Hohe Fahrt, Heldenfahrt“ zogen die Toten, die in deutscher See und auf fernem Meer dir, Vaterland, alles gegeben; ... O Heldenblut! ... Heldenblut!

Grüß Gott euch alle, ihr Heldenbrüder! ... „Klar Schiff!“ ... und „Hohe Fahrt!“ ... Sturmstark und stolz!!

Wilhelm Schreiner.

1*

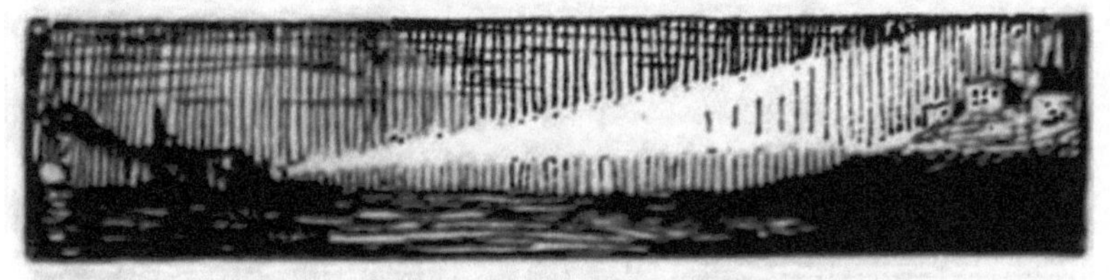

Wetterwolken.

Zu dritt saßen wir auf der Wilhelmshöh zwischen den Südbatterien von Borkum; als einzige Gäste. Denn es ging stark auf Zwölf nachts. Und war am 1. Juli 1914. Vom Strand herauf stahl sich in der stillen Luft der leise Gang der Kolbenmaschinen von S 113 und S 112: ein einförmiges tschub . . . tschub . . . tschub . . . tschub. Auf den Booten war noch reges Leben. Alle Augenblicke blitzten die Bordlichter auf und wurden wieder verdeckt. Die schwarzen Jäger lagen ganz nah am Strand, schon den ganzen Tag. Nur S 114 glitt in unmerklich langsamer Fahrt ein paar hundert Meter weiter draußen längs der Insel hin . . . tief am Horizont stand der Vollmond in diesigem Dunst. In sekundenlangen Pausen warfen die beiden Leuchttürme ihre Strahlen in die dunkle Nacht, majestätisch der große im Dorf zur Rechten, hastig und zuckend der kleine bei der Funkstation links in den Dünen des Südforts. Da überstrahlt uns gleißendes Licht im Vorübergleiten, das knisternd der Brücke von S 114 entströmt, jetzt tauchen die Gasthäuser plastisch und scharf ins Licht des Scheinwerfers, der dann mit mächtigem Ruck und in hohem Bogen zurückspringt zum Bruderlicht, das ihm aus halber Höhe des Süd- leuchtturms antwortet, stumm und doch beredt . . . in

Morsezeichen. Und wie das Dunkel die Strahlenkegel wieder verschluckt, glüht neu zu unsern Füßen am Strand geheimnisbergend jede Welle der langsam steigenden Flut smaragdgrün auf, wenn sie stürzend sich bricht. Meeresleuchten! Leis brandend schlingt die Nordsee um die Küste ... ein strahlend Diadem ... in märchenhafter Sommernacht!

Aber wir träumen nicht. Vorgestern war der Mordtag von Serajewo, gestern jede Fernsprechverbindung mit Hamburg, Bremen, Berlin, Frankfurt abgebrochen: die Börse sei so beunruhigt, daß alle Anschlüsse versagten. Heute die neuen Nachrichten: Kundgebungen in Wien: „Krieg den Serben"! Die ganze Unterhaltung der Insel hat seit vorgestern abend nur ein Thema: Was wird daraus? und die meisten antworten: Krieg! Die Augen haben einen andern Blick bekommen über Nacht. Auch die Nüchternen unter uns wissen, das kann die große Abrechnung werden. Blut schreit nach Blut. Eigentümlich prüfend, oft unbewußt, ruhten unsere Augen heute auf dem Flieger, der plötzlich von Norderney herüberkam, eigentümlich klang uns das Rattern der Maschinengewehre (Teppichklopfer nennt sie Fräulein v. Holleben) heute mittag in den Dünen am Muschelfeld ... Die Luft ist nicht mehr rein. Wird sie's wieder werden, ohne daß ein Gewitter vorher niedergeht? Auf der schlanken „Königin Luise", die heut früh nach Helgoland in See ging, hat sich mancher eingeschifft, der erst nach vierzehn Tagen fahren wollte. Wüßten wir nur, wie das wird! ... Müßiges Fragen. Was immer kommt — liebkosend umfassen die Augen die schwarzen Schatten der Torpedoboote, über denen die roten Lichter am Mast leise schwanken. — Auf die da draußen können wir bauen, auf unsere blauen Jungen! . . .

Geheimnisvoll webt die Nacht um uns her. In Sinnen versunken stehn wir am Dünenrand, auf der Betonbahn, die hier zwei hinter Stacheldraht verborgene Batterien verbindet . . . Ein Doppelposten zieht schweigend vorüber . . . Pfiffe schneiden durch die Stille . . . Antwort vom Fort . . . Kreischend geht die unsichtbare Tür auf und zu . . . Aus der Richtung des Dorfes schleicht hart am Boden weiß und schwer der Nebel . . . gespenstig breitet er zwischen den Dünen ein neues Meer . . . Häuser und Weg verschwinden im Wogen . . . eingeballt wie in Watte kommen uns Stimmen entgegen und das Trak—tak . . . Trak—tak eisenbeschlagener Stiefel auf klapperndem Pflaster . . . Riesengroß im Nebel zieht der Zug an uns vorüber, Gewehr über. Und verschwindet in der Richtung des Forts. — „Was ist denn eigentlich los?“ — „Die Engländers kommen!!“ hallt's aus dem Nebel zurück und erstickt in trotzigem Lachen . . .

Zwei Stunden später klirren die Scheiben im ganzen Dorf. Vom Südfort brüllen die Geschütze. „Scharfschießen“. Unheimlich kracht es durch die Nacht, dazwischen vor dem Fenster der dröhnende Schritt marschierender Kompagnien. Über den Wiesen im Osten webt noch der Nebel und wartet der Sonne . . . Wumm! . . . Wumm! kracht's von Süden. Sie üben sich ja, ja . . . im Scharfschießen!

„Alle Mann an Deck!"

Einen Monat später, am ersten Mobilmachungstag, dem 2. August, abends kurz vor Zehn zogen wir zum Westend. Die Kaiserstraße war schwarz von Menschen. Und in den Tausenden fieberte die Erregung jener ersten Tage voll gespanntester Erwartung. Beim Einbiegen in die große Gallusgasse brauste uns wieder ein hundertstimmiges Hoch entgegen. Vor der Redaktion der „Nachrichten" sperrte der Menschenstrom die Straße. Da war was Besonderes. Im Sturmschritt hin! „Minen" ... „Haha, unsere Blauen verstehn's" ... das Herz klopfte mir vor Erregung bis zum Hals ... da gab's was von der See ... „Augsburg" hörte ich neben mir sagen ... Mit Ellenbogenstrategie kämpfte ich mich durch bis zum Fenster, aus dem die feuchten Extrablätter herausflogen ... und mit kostbarem Gut zurück zu den Meinen ... aber ich konnte nichts vorlesen ... so hatte mich der Jubel erfaßt ... daß mir die Tränen in die Augen kamen ... keuchend standen wir über das Blatt gebeugt. Da stand's, zittrig im Schatten der Platanen des Taunustors tanzten die Worte mir vor den Augen ... wieder und wieder mußte ich lesen ... ja, ja, 's stand da, amtlich ... „Der kleine Kreuzer ‚Augsburg' meldet um 9 Uhr nach-

mittags durch Funkspruch: Bombardiere Kriegshafen
Libau, bin im Gefecht mit feindlichem Kreuzer, habe
Minen gelegt. Libau brennt.“

Ja, sie haben scharf schießen gelernt. Unsere herrlichen blauen Jungen! Das nenn ich ein Vorspiel!
Die jüngste Waffe kreuzt zuerst die Klingen. Heil
„Augsburg“! Kinder gebt acht, das kommt noch ganz
anders. Sollt sehn, die Flotte …! 1870 hatten wir
die noch nicht. Aber heute! Kinder, das war der Anfang … und wenn erst England … „England wird
sich doch beherrschen, auch noch Krieg …“ Dauert bloß
noch ein paar Tage, 'ne bessere Gelegenheit gibt's doch
scheinbar nicht, uns zur See totzumachen und weiter
will ja England nichts. Weiß aber auch ganz genau,
daß Franzosen und Russen allein das nicht fertig-
bringen. Sollt sehn, den Kriegsgrund finden sie schon …
und werden sich eklig schneiden dabei. Da laßt die
Blauen nur für sorgen, die herrlichen Kerle!

- -

Am 4. August abends kam Englands Kriegserklä-
rung. Nun war die Lage klar. „Alle Mann an Deck!“

Am 5. August in der Abenddämmerung verseuchte
die friedliche „Königin Luise“ die Themseeinfahrt vor
Sheerneß mit deutschen Minen.

In der Nacht vom 5. bis 6. August brachen „Goeben“
und „Breslau“ in wilder Fahrt donnernd den Ring
von zwölf englischen Kreuzern, der sie in Messina
einschloß.

In den folgenden Tagen drangen unsere Untersee-
boote längs der ganzen englischen Ostküste vor bis zu

den Shetlandsinseln. Und lagen im Firth of Forth
so nahe am englischen Geschwader, daß sie die Bord=
kapelle spielen hörten unter Wasser her.

Am 20. August vernichtete der kleine Kreuzer „Straß=
burg“ im Angesicht der englischen Küste ein englisches
U=Boot.

Das ging zu weit! Und der Gegner holte seiner=
seits zum Schlag aus, zu einem vernichtenden Schlage;
daß er ins Wasser geriet, ist nicht sein Verdienst.

In Langeroog war's. Am Abend des 27. August.
Erregt standen die Alten auf den höchsten Dünen. Die
Gläser am Auge. Momme hatte sie entdeckt, vor noch
nicht einer halben Stunde. Die da draußen, die sich
wie Schatten in leicht nebliger Ferne lautlos am Hori=
zont hin= und herbewegten. War's nun Freund oder
Feind? Nach und nach hörte die Bewegung auf, die
Schatten standen still. Zwei größere Schiffe konnte
man deutlich unterscheiden von dem Gewimmel kleiner
niedriger Boote. Ob man das nicht doch nach Wil=
helmshaven melden sollte? Aber wahrscheinlich waren
es ja doch eigene Schiffe. Ja, wenn man's nur sicher
gewußt hätte. Da machte die Nacht dem Schauen
ein End. — —

Der alte Lührs auf Wangeroog konnte sich nicht
enthalten, obgleich es Krieg war, täglich mit seinen
zwei Enkeln hinauszufahren. Man brachte doch noch
immer was herein und hatte's ja nötig. Und wenn man
zwei starke Enkel hat und ein gutes Boot ... und wer
wußte denn, wie bald nicht auch die Jungen noch hin=

ausziehen mußten gleich ihrem Bruder, dem Boots=
mannsmaat auf der „Köln“. — Am 27. abends schlief
der Wind immer mehr ein, und die Ebbe trieb die
drei weiter ab nach der See zu. Das heimatliche
Wangeroog war nur noch eben sichtbar im Süden.
Und die Nacht kam. Und Nebel. Aber auch die Flut
wieder. Da war's dem Alten am Steuer, als schwäm=
men in Backbord nur wenig Längen querab Planken
auf dem Wasser und eine Stange, die noch aufrecht
stand. Aber dann war's wieder weg. Nebel gaukelt
ja oft. Nach einer Weile kam der Nebel ins Wallen
und das Boot wieder vor den Wind, der flau aber
günstig aus NO stand. Ein paar Sterne blinkten
durch, nach der Jahde zu wurde die Sicht immer besser.
Nein, nun täuschte er sich aber nicht, denn die Jungs
hatten's zur gleichen Zeit entdeckt ... da war was,
das sackte langsam unter Wasser, jetzt stand wieder
nur noch die Stange, allein für ein geübtes Seemanns=
auge gegen den Nachthimmel erkennbar ... und mehr
achteraus, Hinnerk siehst du's auch?, wieder so ein
Ding. Dazu jetzt deutlich ein eigentümlich stampfen=
des Geräusch unter Wasser. Der Alte kannte sich nicht
aus damit, aber Hinnerk wußte Bescheid: „Sin Unter=
seeboote!“

Sie griffen zu den Rudern. Heim! Hundert Fragen
schwebten mit. Wie sie das Boot festhatten am Strand,
sagte der Alte: „Jungs, nu halt man be Snut!“
Und stapfte schwerfällig mit seinen Transtiefeln über
den Strand ins Dorf zum Telegraphenamt. Und tat
recht daran. — —

Gegen Morgen wurde der Nebel immer dichter. Die Sonne des 28. August war schon zu schwach, er wich den ganzen Tag nicht. Und in ihm barg sich der Feind.

Der stand schon seit dem Abend des 27. mit sieben Schlachtkreuzern als Hauptmacht vor der deutschen Bucht außer Sicht westlich von Helgoland. Sechs weitere Panzerkreuzer nördlich Langeoog, dicht vor ihnen 31 Zerstörer mit ihren Begleitschiffen. Zwischen beiden Kreuzergeschwadern waren acht leichte Kreuzer gestaffelt. Eine starke Flotte. Und sollte doch planmäßig nur als Köder dienen. Denn alle verfügbaren englischen U-Boote lagen seit der Abenddämmerung nördlich Wangeroog vor der Jahde und Weser und nordwestlich Scharhörn vor der Elbmündung, um über die deutschen Schlachtgeschwader herzufallen, wenn es den Kreuzern gelungen war, sie zum Vorgehen zu verlocken. Der Tag konnte entscheidend werden. Ausgesucht die stärksten und schnellsten Schiffe der englischen Flotte hatte der Prinz von Battenberg unter Vizeadmiral Beatty gegen die deutsche Bucht angesetzt.

Mit dem Hellwerden begann das lockende Spiel: Entlang den Inseln gingen zunächst die Zerstörer vor und schwenkten auf der Höhe von Wangeroog nordwärts. Im Nebel wurde die deutsche Vorpostenkette überrumpelt. Das deutsche Führerboot V 187 empfängt kurz nach Sieben Meldung von einem seiner Flottillenboote: „Werde von feindlichen Zerstörern gejagt," dreht südlich und gerät im Nebel zwischen zehnfache Übermacht. Vergeblich sucht V 187 tollkühn auf den Feind losrennend, durchzubrechen. Sämtliche Maschinen werden zerschossen. Der Kommandant fällt, das Boot rettet sich vor dem Geentertwerden durch eine Sprengpatrone und sinkt. Vor dem Feuerbereich der Helgoländer Geschütze biegt der Feind nach Westen ab. Die deutschen Boote sammeln sich unter Helgoland, kleine Kreuzer sichern tastend im Dunst nach Südwesten. Bis gegen Elf herrscht Ruhe.

Den acht leichten feindlichen Kreuzern, die um diese Zeit das Kampffeld andampften, gerät „Mainz" in den Feuerbereich ihrer sechsunddreißig 15 cm-Kanonen. Nach einer halben Stunde sind die zwölf 10 cm-Geschütze der „Mainz" vernichtet. Sie sinkt. Eine Stunde später stößt Beatty selbst mit seinen Schlachtkreuzern von NW her vor. Die „Köln", die auf den Geschützdonner der „Mainz", der bei dem Nebel die einzige Orientierung bildet, losfährt, wird umzingelt und vernichtet. Natürlich; ihre einzigen Geschütze haben 10 cm-Kaliber, das englische Geschwader 34 cm-Geschütze hinter schwerstem Panzer. Die „Köln" hat keinen ... Ein gleiches Geschick erreicht die kleine „Ariadne", die zwei englische Riesen*) auf nächste Entfernung mit ihren 34 cm-Granaten durchlöchern ... aber noch ehe sie sinkt, kehren die Schlachtkreuzer um, denn von Helgoland her nahen deutsche U-Boote. „Queen Mary" bekommt einen Torpedo so hart vor den Bug, daß sie ihm nur noch im letzten Augenblick durch scharfes Wen-

---

*) Die deutschen kleinen Kreuzer je 3000 Tonnen groß. Die englischen Schlachtkreuzer je 30 000.

den entgeht . . . aber das genügt . . . kehrt marsch nach
Hause! . . .

Vergeblich stand der Feind mit seinen U-Booten
vor den Flußmündungen. Unsere Flotte ging nicht
auf den Leim. So zogen sie unverrichteter Sache wie=
der ab. Zu vierzigst hatten sie drei ungepanzerte kleine
Kreuzer zur Strecke gebracht und ein Torpedoboot . . .
und hinkten selbst nach Hause, drei eigene schwergetrof=
fene Schiffe im Schlepptau . . . andere acht bös ver=
beult, doch England erfuhr davon nichts . . . — — —

Vier Tage später trieb am Nordstrand von Wanger=
oog ein leeres Boot an, zerschossen und angebrannt.
Es trug den Namen „Köln" am Steven. Der alte
Lührs fand es. Und rief seine Enkel. Und sie wußten,
es war ein Gruß von des Bruders Grab. Und der
Alte gab ihnen die Hand und blieb allein beim zer=
schossenen Boot. Die Jungen gingen . . . ohne ein
Wort . . . mit Leuchten im Auge und fuhren zum Fest=
land . . . Andern Tags stellten sie sich kriegsfreiwillig
in Wilhelmshaven . . . „Alle Mann an Deck!"

Ran an den Feind!

Hinter jagenden Wolkenfetzen sank die Sonne blutig ins Meer. Es war am Abend des 21. September. Über der See stand ein steifer Nordnordwest; er peitschte die trägen schmutzigen Wasser der Emsmündung, daß sie mit weißen gischtigen Kämmen zischend und gurgelnd einander überstürzten. Unabsehbar weit sah man sie herankommen, wie ein Heer weißer Reitergeschwader, bis nach der holländischen Küste hinüber, die sich vom letzten Sonnenglast umglüht scharf gegen den Himmel abhob. Landeinwärts von Emden ging mit grauem Regenschleier eine schwere Bö nieder. Bis zum Außenhafen schob sie sich heran. Schwer klatschten die großen Tropfen auf die grauen Rücken der sechs U-Boote, die an der Mole vertaut waren, und zersprühten zu staubfeinen Spritzern. Das Wasser stieg noch immer, stark schwankten die Stangenperiskope bei jeder neuen Welle, die die Flut glucksend gegen die Schiffswand warf. Unmutig zerrten und jankten die Boote stampfend an den Stahltrossen, die sie an der Mole festhielten. Sie warteten nur auf das Einsetzen der Ebbe, um mit Westnordwestkurs auf Vorposten zu gehen.

Glock acht legt sich die Jolle mit den Offizieren längs, fünf Minuten später kurbeln die Maschinen an, das Wasser teilt sich am Bug, und leise gleiten die Boote, voran das Führerboot U 14, in die schwarze Nacht.

Kein Licht leuchtet in der Fahrstraße, alle Baken und Bojen hat der Krieg hinweggefegt; schwarz und unheimlich liegt die See. Nur vom holländischen Delfzyl herüber stiehlt sich zag ein zitterndes Licht. Aber je dunkler, desto besser; die Dunkelheit ist ihr Bundes- genosse. Noch gehen sie im Wasser der Ems und machen gute Fahrt, denn sie fahren „über“ Wasser. Rechts voraus eine schwarze Masse: die Knock; vorbei — jetzt sind sie in der See und haben's nicht schwer, hier richtig zu navigieren, weil die Boote nur geringen Tiefgang aufweisen und deshalb nicht gleich auf jeder Untiefe aufsitzen.

Im Wattenmeer ist der Seegang nicht bedeutend, be- sonders da Ebbe läuft; dabei lassen sich bequem 14 Knoten Fahrt halten. Auf dem Führerboot geht eine Leucht- kugel hoch — Sekunden nur später blitzt in Steuer- bord ein Scheinwerfer auf, Borkum meldet sich; in kurzen und langen Zwischenräumen gleitet sein Licht über die Wogen: lautlose Kunde in Morsezeichen. Suchend tastet die Lichtgarbe sekundenlang nach Nor- den, dann verstummt die Sprache der Nacht. Doch da flammt es auch im Norden schon auf, bunt und kurz, hart über den Wogen. Die Emdener Boote stoppen die Fahrt, um U 9, das von Helgoland kommt, zu er- warten. Nach einer Weile taucht das Boot, gischtum- sprüht aus der Finsternis und rangiert nach kurzer

Meldung mit dem Sprachrohr im Vorübergleiten an den Schluß der Linie. Die See liegt finster wie zuvor.

———————————————————————

„Na Kinder, 's wird nicht lange dauern, dann sind wir wieder vorn, die andern gehen ja doch nach Schottland...“ „Und wir?“ „Abwarten...“ Der Kommandant blinzelt. Und weiß, bei den Vorposten erwartet ihn besonderer Befehl.

Schon signalisiert U 14 von seinem Turm aus, der nur wenig über der Wasserfläche liegt: unsere ganze Linie dreht einige Strich nach Backbord ab, in dieser Richtung, hat Borkum gemeldet, stehen unsere äußersten Kreuzerposten für diese Nacht. Abermals blitzt es bei U 14: Formationsänderung! Lautlos laufen die achteren Boote dem Führerboot auf, nun fahren wir alle in gleicher Höhe, wir mit U 9 am weitesten westwärts.

In Backbord ein Licht! In ruhigen Pausen flammt's auf — die Bake von Rottum, freilich die Holländer haben ihre Feuer nicht gelöscht. Nun haben wir die letzten Inseln hinter uns, es geht in die freie See, wir spüren's am stärkeren Rollen, unaufhörlich kommen Sturzseen über, der Bug des Bootes wühlt sich, umleuchtet von sprühendem Gischt, schwer stampfend durch die Wogen. Fast lautlos arbeiten die Maschinen, kein Lichtstrahl dringt aus dem Bootsinnern; noch halten wir es aus auf der Plattform des Turmes; unförmig in unseren triefenden Ölmänteln stehen wir da, starren mit brennenden Augen in die Nacht, über die See. Das selbstleuchtende Zifferblatt meiner Uhr zeigt fünf Minuten nach. Zehn. Ab und zu geht ein Regenschauer über uns, dann wieder blinken ein paar Sterne; unter uns die beim starken Gang der Maschine zitternden Decksplanken und um uns brodelnde, brandende See — so sausen wir durch die Nacht. — —

Gespenstig wachsen hart vor uns die schlanken Formen eines Kreuzers auf. „Halbe Kraft!" Geschmeidig pirscht sich unser Boot heran, ein paar Winksignale mit der Blendlaterne und schon knistert vom vorderen Mast der „Kolberg" der Scheinwerfer in hastender Eile: kurzkurzkurzkurz, bis U 14 mit Leuchtpatrone von fernher antwortet; eine kurze Pause: Achtung! Dann wirft der Kreuzer seine Befehle in Strahlenbündeln in die Nacht hinaus. Hoch gegen den Himmel, damit ja kein verräterischer Strahl auf die Boote fällt. Die „Emdener" schwenken nach Norden ab, Ziel: Firth of Forth vermutlich. Gute Fahrt! U 9 ist auf Rufweite heran, über die Kommandobrücke der „Kolberg" schiebt sich ein Sprachrohr: „Ahoi! Welches Boot?" — „U 9, Kapitänleutnant Weddigen!" — „Gut. Wilhelmshaven funkt mir, daß die Scheldemündung von englischen Kreuzern forciert ist. Gehen Sie mit Ihrem Boot Kurs auf Hoek van Holland und arbeiten Sie nach Ihrem Ermessen. Gute Fahrt!" — „Ahoi!" Wir warten, bis der Kreuzer vorgelaufen ist, dann das Steuer hart Backbord! Nun liegen wir in Südwestkurs, Achtung in der Maschine! Zitternd schnellt der Zeiger am Maschinentelegraphen auf „volle Fahrt!" „Arbeiten" hat er gesagt, Hurra endlich! Nun aber 'ran!

Ein feiner Nebel senkt sich nieder; im Osten hellt es schon schwach auf, vor uns noch tiefe Nacht. Aber hinter uns schwingt sich die Helle immer höher am Himmelsdom hinauf, messerscharf hebt sich der Osthorizont gegen den jungen Tag; für den Feind liegen wir im NO, also Vorsicht; wir verlassen die Plattform, der Turm wird geschlossen — ach, es ist doch bannig eng im Kommandostand, erst gar zu dritt. Wir gehen so tief, daß das Wasser uns gerade überflutet, unser Periskop wirft das Bild, das wir bisher mit den eigenen Augen gesehen, nun vor uns auf die Scheibe, noch ist nichts zu sehen als Himmel und Wasser. Fünfeinhalb Uhr. Plötzlich pfeift der Kommandant durch die Zähne: ganz schwach erkennbar kommen von Süden drei Rauchsäulen ins Sehfeld. Der Rauchentwicklung nach müssen es große Schiffe sein — Handelsdampfer fahren nicht zu dritt. Also der Feind! Sofort sinken wir, das Sehrohr steht kaum einen halben Meter über Wasser, oft verdecken Sturzseen auf Augenblicke das Sehfeld; jetzt sind sie wieder da, nun tauchen die Schornsteine herauf, natürlich sind's Engländer — jetzt erscheinen die Aufbauten, die Geschütze, das sind doch — so, nun haben wir sie ganz im Bild. Es müssen drei Panzerkreuzer der Art der „Cressy" sein, deutlich erkennen wir's an der im Morgenlicht weithin sichtbaren Geschützaufstellung. Sie machen wenig Fahrt, desto besser für uns, denn jetzt heißt's: arbeiten! U 9 sinkt ganz unter Wasser, einige Meter gleich, daß man uns nur nicht etwa vom Mast entdeckt, die elektrische Maschine ist eingeschaltet, die Sauerstoffapparate in Tätigkeit. Das Herankommen ist jetzt nur Sache einer richtigen Rechnung aus der Geschwindigkeit, Entfernung, Fahrtrichtung von uns und dem Gegner; zu sehen gibt's nichts mehr. Die Offiziere stehen gespannt über einer schnell entworfenen Skizze und rechnen; jetzt müssen wir schon auf 400 m heran sein, und nun kommt das Schwierigste: die Probe, ob die Rechnung stimmt; wir müssen hinauf und sehen. Das ganze Boot ist im Zustand höchster Kampfbereitschaft ... vorsichtig steigen wir. Immer heller wird's auf dem Sehfeld ... jetzt ... ein Blitzen ... wir sind am Licht ... ein Blick auf die Scheibe ... „Sinken!!“ Schon hat der Kommandant genug gesehen. Die Rechnung stimmte, noch 100 m lassen wir den mittelsten Kreuzer, seitwärts dem wir stehen, herankommen, dann: „Achtung! Torpedo klar?... Fertig!... Los!!“ Sekunden vergehen ... fühlbar schwankt plötzlich unser Boot, und eine dumpfe Detonation tragen die Wellen unter Wasser zu uns her.

Heiß zuckt es uns durchs Herz; aber noch ist's nicht Zeit zur Freude, arbeiten! wir sind noch nicht am Ende. Der Kommandant ist ganz Energie, auch nicht für Sekunden bekommt das Gefühl die Oberhand. „Sinken!“ In 10 m Tiefe kreuzen wir die Linie des Feindes auf Gegenkurs, jetzt müssen wir schon hinter den Kreuzern sein. Nun „hinauf“! Unbemerkt schiebt sich unser Sehrohr über den Wasserspiegel, mit heißen Augen starren wir auf die Platte, da ... da ist unser Opfer; steilauf ragt das Heck des mittleren Kreuzers, noch schlagen die Schrauben, aber sie peitschen Luft, immer tiefer sinkt der Gegner, die anderen beiden Kreuzer nähern sich, aber an uns scheint keiner zu denken ... deutlich erkennt man, wie die Geschütze verlassen stehen, sie haben unseren Torpedo für eine Mine gehalten. „Gehen Sie nach unten und sagen Sie unseren Jungen, wie wir gearbeitet haben." Der Jubel im Boot unten! Als ich die schmale Treppenleiter wieder nach oben kraxle, ruft mir Spieß schon entgegen: „Schnell, schnell!" Gerade komme ich noch recht, um zu sehen, wie der dritte Schornstein „unseres" Kreuzers unter Wasser verschwindet ... ein Zucken geht durch das ganze Schiff ... müde legt es sich nach Steuerbord schräg über ... da umspielen die jungen Strahlen der Morgensonne den wunden Leib ... golden blitzt am Heck der Name auf: „Abukir", nun kennen wir doch unser Opfer, „Abukir", Geschichtserinnerungen blitzen mir durch den Kopf, Nelson ... Napoleons Flotte vernichtet ... Tempora mutantur ... besiegt sinkt vor meinen Augen die „Abukir" auf den Grund ... Wrackstücke treiben an der Stelle, wo sie sank — ein Teil der Besatzung ringt mit den Wellen — die Boote der Schwesterschiffe fliegen heran und bergen die Opfer. Lautlos vollzieht sich das alles in unserem Sehfeld ... ein Wunder, daß der Feind unser Periskop noch nicht entdeckt hat, aber es schwimmt ja allerdings wer weiß wie viel auf dem Wasser herum in unserer Nähe. Erst eine Viertelstunde ist vergangen seit unserem Angriff.. — U 9 taucht wieder ... ingrimmig gibt der Kommandant seine Befehle ... fünf Minuten später folgt der zweite Engländer der „Abukir". Jetzt wird's für uns etwas brenzlig, nun glaubt kein Engländer mehr an Minen ... wir bleiben fein ruhig unter Wasser ... mögen die sich doch erst mal die Augen aus dem Kopf gucken nach uns. Zwar gemütlich ist's nicht bei uns. Die Luft ist dick und verbraucht trotz der Sauerstoffzufuhr, aber 's wird ja nicht ewig dauern.

Nach einer Stunde leisten wir uns vorsichtig mal wieder einen Happen Sonnenlicht. Doch blitzschnell geht's wieder in die Tiefe, denn kaum 100 m vor uns schaukelt das dritte Opfer auf den Wellen, die Rettungsarbeit muß ihn zum Stoppen genötigt haben... er liegt fein im Schuß... Zwei Torpedos hart hintereinander verlassen das Rohr... sie treffen fast zur gleichen Zeit, ein dumpfer Doppelschlag erreicht uns... genug... mit voller Fahrt gehen die Maschinen an: Nordwärts... nach 500 m „Stopp!" Wir steigen, erst vorsichtig, dann, nach kurzer Orientierung im Sehfeld: „Auftauchen!"

Kein Geschütz kann uns mehr schaden, denn das letzte englische Schiff treibt kieloben wie ein Riesenwal auf den ruhigen Wogen. Wir steigen aus dem Turm herauf, auch die Mannschaft darf zum Teil in den Laufgang kommen und das Schlachtfeld besehen. In 500 m Entfernung versackt der Rumpf der „Cressy" Stück um Stück — ein großer Sarg; Hunderte birgt er. Wir wissen das, und es dämpft unsern Jubel... der Mensch in uns schläft nicht... und doch wogt und rast in der Brust die heiße Siegesfreude.

„Zerstörer!" — „Wo?" — „Dort achter dem Holländer, der auch Boote ausgesetzt hat"... Zwei Seemeilen entfernt ein schäumender Wasserberg und darüber dichter Rauch... dort noch einer, da zwei, vier, eine Division, sechs Boote. „Alles unter Deck! Klappe zu: Achtung! Klar Schiff! Sinken!" Schneidend kommen die Befehle. Wir sinken ... fünf, acht Meter. „Volle Fahrt!"

Unser Kommandant schmunzelt: auf Gegenkurs laufen wir unter dem Feind durch; der sucht uns nach SO und wir stehen hinter ihm in NW; nach zwei Stunden drehen wir scharf nach OSO ... nun lauft Maschinen „Volle Fahrt"! Heimwärts, heimwärts. Wir bringen in freudeerzitternden Händen den jungen Sieg der deutschen Flotte.

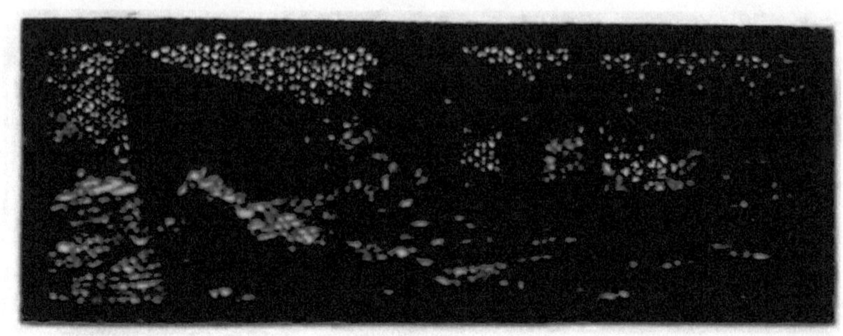

S 90.

Wir liegen schon eine ganze Weile unter Dampf, aber unser „Alter“, Kapitänleutnant Brunner, ist noch an Land. Nur ganz leise stampft das Gestänge der Kolbenmaschinen auf und nieder: tschb . . . tschb . . . tschb . . . Dazwischen murren dumpfe Schläge von Fort Bismarck herüber, so läuten wir diesmal den Jahres= tag der Schlacht von Leipzig ein. Aber wer denkt noch an Leipzig? Auf See ist’s heute merkwürdig still; zwar sah man den ganzen Tag die lautlos wandeln= den Schatten der Blockadeflotte am Horizont, aber seit dem 14. halten sie Ruhe, und der Engländer unter ihnen, der „Triumph“, glänzt durch Abwesenheit; ein Volltreffer vom Seewerk Huchuin=Huck, es war der erste Schuß, hat ihn so zugerichtet, daß er seitdem be= harrlich streikt. Allerdings sind am 14. auch die Iltis= batterie und Huchuin=Huck bös mitgenommen worden. — Wumm! Das kommt vom Moltke=Berg hinter uns, hart in der Richtung der Missionsstation wachsen die Rauchwolken mit jedem neuen Schuß über dem kahlen Bergrücken auf. Im kleinen Hafen, wo wir vertaut sind, gegen Sicht von See gedeckt durch das vorgelagerte

Hufeilenriff, liegen nur ein paar Dschunken, aber auch im Großen Hafen ist's leer geworden, seit der „Scharnhorst" mit dem Geschwader weg ist. Kein Mensch weiß wohin. Nun ankern nur noch die paar Kanonenboote dort, abgerüstet; „Cormorau", ein umgetaufter Russe, den die „Emden" schon am 4. August kaperte und „Prinz Eitel Friedrich" tragen ihre Geschütze jetzt. Wer weiß wo? — Das Feuer der Batterien nimmt zu; wie verhaltenes Knurren, durch die Berge gedämpft, läßt sich in den Pausen der Artillerie der Japaner hören; ja, allzu weit sind sie noch nicht herangelassen.

Die Sonne ist schon hinunter, aber der Himmel strahlt noch und leuchtet, in starrer Silhouette liegen die Berge im Südwesten der Kiautschou-Bucht; deren Wasser und die Innenreede schimmern wie Stahl; von der offenen See her schreitet die Nacht. Und auf die warten wir. Sie wird dunkel sein, wie gemacht für uns, denn morgen schon ist Neumond.

Mein Platz ist am 5 cm-Geschütz auf dem überhöhten Vorschiff. Etwas tiefer liegt achter uns das vordere Torpedorohr, dahinter ragt bis fast zur Höhe des Schornsteins die Kommandobrücke empor; Oberleutnant Häuser hat die Wache. Die Nacht kommt schnell.

Wir gehen hart unter Land, denn noch immer ist's hinter uns hell im Westen. Beim Leuchtturm auf der Landzunge drehen wir nach Backbord und pirschen uns im Schatten der Tsingtau-Bucht durch die Außenreede zunächst nach Norden. Kaum zu unterscheiden, so dämmrig ist's hier, liegen an der Nordspitze der Arkona-Insel „Jaguar" und „Kaiserin-Elisabeth". Landein-

wärts tasten Scheinwerfer ins Vorgelände, knattert Ge=
wehrfeuer, die Geschütze der Forts schweigen jetzt, denn
ein Übermaß von Munition haben wir nicht. — Über
dem Dunkel des Landes kreist noch, rückkehrend von
kühner Erkundung, „unser" Flieger, Oberleutnant Plü=
schow; wir haben ja nur den einen.

Hinter den Scheiben des Auslugs steht der Kom=
mandant, aber bald ist's so finster, daß man nichts mehr
sieht von dem, was auf der Brücke vorgeht, nur die
Umrisse von Brücke und Schornstein kann das Auge
ab und zu erfassen. Wir laufen ganz anständig, aber
kein Feuerschein dringt aus den Schloten beim Schüren,
kaum Rauch überhaupt, denn sorgfältig ist die beste
Kohle ausgewählt für diese Fahrt, und unser Ober=
maschinist Schäfer versteht seine Sache.

Wir am Bug müssen achtgeben, daß uns die über=
kommende See nicht wegspült, denn unser kleines Boot
hat schwer zu kämpfen, seit wir auf der Höhe der Iltis=
Bucht ostwärts ins offene Meer abgebogen sind. Auf
und ab geht's unaufhörlich, mit Ingrimm wühlt sich
der Bug in die Wellenberge und wirft wie ein schaum=
bedeckter Renner die Wogen zur Seite. S 90 hält
die Fahrt, die Maschinen arbeiten fast lautlos. Wir
stehen am Geschütz, die Augen in die Finsternis gebohrt,
durchnäßt vom unaufhörlich sprühenden Gischt, ge=
kältet vom steifen Nachtwind, der uns seitlich aus
dem Norden trifft, aber mit heißen Schläfen und häm=
mernden Herzen . . . denn heut geht's endlich hinaus
dem Feind an die Kehle, oder ins Seemannsgrab . . .
also . . .!

Der Nordwind hat Wolken gebracht, um so besser. Je weiter wir in die freie See kommen, desto öfter platschen von Backbord herüber die Wogen über Deck und verlaufen nach beiden Seiten, als ob alle Pumpen in Tätigkeit wären ... aus der Finsternis leuchten die Wogenkämme gespenstig auf rings um uns her ... Da! Backbord voraus für Augenblicke ein dunkler Schatten über den Wogen, nach Steuerbord verschwindend ... sekundenlang später durchschneidet unser Boot einen blassen Streifen von Schaum und Blasen ... das Kielwasser eines japanischen Zerstörers ... „Kling" sagt der Maschinentelegraph im Bootsinnern, die Schrauben drehen sich schneller, wir laufen „hohe Fahrt". Nirgends ein Laut außer dem schweren Rollen der See und dem Stampfen der Maschinen ... Schschschsss ... schschschsss kommen die Wogen über den Wellenbrecher geschäumt, an den Wanten stöhnt's und gluckst's, unter uns zittert leise das Deck beim Gang der Maschinen ... Wir sind feuerbereit ...

Im Zickzack läuft das Boot ... scheinbar führerlos ... aber es gilt, noch zwei feindlichen Zerstörern auszuweichen, die in bedrohlicher Nähe patrouillieren... und es gelingt. Die Vorpostenkette ist durchbrochen... jetzt heißt's, am Gros des Feindes vorüberschleichen ...! Aber wir haben nicht umsonst beobachtet, seit die Blockade dauert, daß die Japaner stets eine Lücke in ihrer Aufstellung haben ... dort, wo im NO ein paar Sandbänke das Fahrwasser gefährden ... darauf halten wir zu ... uns tun die Untiefen nichts, denn wir sind ja hier daheim. — —

Nun müssen wir im Rücken der Blockadeflotte stehen...
Kursänderung: wir fallen nach Süden ab ... und suchen
unser Opfer ...

Doch ein paar Stunden vergehen in fruchtlosem
Kreuzen, die See ist wieder glatter, ein paar Sterne
flimmern ... so ist etwas mehr Sicht ... herrlich wie
die Heizer arbeiten, wir sind sozusagen unsichtbar ...
Wieder näher an Land heran! Stehen jetzt sicher schon
südlich der Kiautschou-Bucht ... Kurs: NW. Es ist
ein Uhr nachts.

Wieder vergeht eine halbe Stunde ... mir ist, als
sei da Steuerbord voraus der Himmel etwas ver-
schleiert ... wie von einer Rauchwolke ... die nächste
Woge, die uns hebt, gibt Klarheit: „Steuerbord voraus
ein feindlicher Kreuzer!"

Fahrtrichtung vom Gegner läßt sich vorderhand nicht
erkennen, plump und massig liegt er auf den Wogen,
abgeblendet natürlich, doch deutlich erkennbar, zwei
Masten, ein Schornstein ... 4000 Tonnen mag er
groß sein ... nun das lohnt sich.*)

Schlau benutzt unser Kommandant den Wellengang,
um unbemerkt sich heranzupirschen, die Fahrt ist etwas
gestoppt, damit die Maschinen uns nicht durch ihr
Stampfen verraten, denn sicher ist der Japaner nicht
so ganz allein. — Leutnant Steinmetz taucht hinter uns
am vorderen Rohr auf; neben ihm steht der Rohr-
meister, Torpedooberbootsmannsmaat Gräfe, gespannt
mit dem Nachtglas nach Steuerbord lugend ... matt

____

*) Es war der japanische Kreuzer „Takatschio", 3700 Ton-
nen, bestückt mit acht 15 cm-Geschützen.

glänzt am Vorderende des Rohres der vorstehende Kopf
des kupferfarbenen Torpedos . . . Jeden Augenblick
kann es zum Angriff gehen, die Pulse jagen . . . der
Japaner pendelt ahnungslos kaum 800 m entfernt . .

Achtung! — Eine leise Wendung, nun liegt der
„Gelbe" im spitzen Winkel, uns gerade recht, denn so
kann man am wenigsten von uns sehen beim Heran=
jagen — ein kurzes Zittern im Boot . . . und dann
bäumt sich der Bug wild gegen die See, die Maschinen
hämmern in hastendem Takt, daß unser alter Kasten
in allen Fugen kracht und ächzt . . . „Äußerste Kraft!"
Nun heißt's alles hergeben, was nach sechzehnjährigem
aufreibendem Dienst noch an Leistungsfähigkeit da ist,
das aber auch alles . . . In schneidiger Fahrt geht's
an den Japaner heran . . . 700 m . . . Hei, wie die
Wellen auseinanderstieben am Bug! Die Rohre haben
das Ziel genommen und lassen es nicht wieder los . . .
600 m . . . atemlos starren wir nach dem Feind . . .
ob er noch nichts merkt . . . allerdings bei uns sehen
sie weder Licht noch Rauch . . . 500 m . . . Schschsch!
kommt von Backbord ein Wasserberg über bei der
scharfen Wendung, die S 90 gemacht. Aber noch hat
sich die See nicht verlaufen . . . da blitzt es schon kurz
auf am vorderen Rohr . . . und wie ein glänzender
Fisch platscht der Torpedo ins Wasser, noch zweimal
dasselbe Spiel achtern im Boot . . . alle drei Torpedos
sind in der richtigen Breitseitlage abgekommen . . . deut=
lich sehe ich ihren Weg an den aufsteigenden Blasen
eine Strecke weit . . . sie laufen hart auf den Kreuzer
zu . . . der liegt nun nach unserer Wendung in Steuer=

bord querab ... 300 m nur entfernt ... in schäumender Fahrt suchen wir an ihm vorüberzulaufen ...

Aber auch drüben haben sie das Aufblitzen gesehen, „Alarm!" rasselt es herüber. Die im vorderen Mast haben ihren Scheinwerfer zuerst klar, unschlüssig flackert sein Licht noch — —

Da wallt die See auf, schäumend und glühend, dumpf krachen die Explosionen unter Wasser am Bug und mittschiffs ... zweimal ... und dann ein neuer Schlag ... gewaltig ... der dritte Torpedo traf, scheint's, mitten in den Maschinenraum ... wie eine Stichflamme leckt rote Lohe 100 m hoch in die Nacht ... uns ist's, als lägen wir im stärksten feindlichen Feuer, so hageln die Sprengstücke auf uns nieder ... rund um uns schlagen sie in die See, an Deck poltert's und kracht's ... aber keiner wird getroffen ... Noch 200 m in Backbord spritzen Geiser hoch ... und dann ein Donner ... in Stücke zerrissen fliegt der Japaner buchstäblich in die Luft ... wirr sehen wir im Feuerschein Masten über Stag gehen, Menschen und Geschütze wirbeln in der Luft ... grausiger Anblick! — — Der Kreuzer ist verschwunden ... über den Wellen Schmerzensschreie ... fahl leuchtende Wrackstücke schwelen sinkend im Wasser. Und drüber schweigende Sterne ... und um uns wieder die Nacht ...

Noch 200 m haben wir zu durchlaufen, ehe der Hagel der Sprengstücke nachläßt ... und dann beginnt — die Jagd! WNW! Aber die Meute, der wir am Orte der Tat unter dem Schutze der Dunkelheit entgangen, verlegt uns den Weg. Wir sind von Tsingtau abgeschnitten ... Schanghai!? Unmöglich, dahin reichen die Kohlen lange nicht!... Sie sind uns hart auf den Fersen... Zerstörer und Kreuzer... Also... an Land! — —

Hinter uns kriecht der Morgen über die Wellenkämme ... Der Himmel ist ganz klar, es wird ein schöner Tag. Dein letzter, S 90! Wir laufen westwärts mit letzter Kraft. Geradeswegs auf die Küste zu, die sich wie ein schwarzes Band in dem noch nächtlichen Westen zwischen Himmel und Wasser schiebt — —

— — S 90 schlingert im seichten Wasser in der Dünnung leise hin und her ... Wir stehen alle an Deck ... Der Kommandant spricht ... kurz und heiser ... ha! unsere Herzen haben einen Schlag ... die Augen ruhen weh und doch stolz auf dem Flaggentuch, das im Top lustig flattert im Morgenwind ... Schwach erscheinen im Osten Rauchsäulen, verstreut am Horizont... Die Meute! ... Kommt nur und seht ... damit eure gelben Gesichter noch gelber werden ...

Der Morgenwind nimmt unser „Hurra!" mit... ach, brächt' er's dem Kaiser! ... jäh verklingt's ... und zögernd, ruckweis sinkt die Flagge.

Wir nehmen sie mit. Und nun an Land! Und die Lunte an den letzten Torpedo! Der gräbt dir dein Grab. S 90!

Hütet Euch!

Wo wir sind? Hängen fast genau auf dem Äquator und außerdem in 99° östl. Länge. Ach, es gibt mehr Inselchen und Schlupfwinkel, als auf euren Karten daheim eingezeichnet sind; na, jedenfalls hatten wir ein paar Tage Ruhe, waren mal wieder „verschwunden"! Ich gönne es unsern Jungen. Namentlich Heizer und Maschinenpersonal hatten's bitter nötig, mal auszuspannen. Was die geleistet haben!!

Und doch liegen wir seit zwei Stunden wieder klar. Eben legen die letzten Boote längs, gekohlt haben wir lange, auch schon den kleinen Engländer, der uns die Kohlen wohl oder übel liefern mußte, zum Leidwesen seiner Herren Besitzer versenkt — überhaupt wir sind auch vor Anker recht fleißig gewesen; unser Schiff ist blitzsauber neu gestrichen, aber so wie die englischen Kreuzer, genau so. Und jetzt wollen wir Taufe feiern, denn dank der Geschicklichkeit meiner Jungen haben unsere drei Schornsteine einen Bruder bekommen, und zwar einen völlig ausgewachsenen, sieht ihnen zum Verwechseln ähnlich, und das ist gerade der Zweck der Übung. Wenn auch der Täufling nicht rauchen kann und seine Haut aus Segeltuch fröhlich Falten schlägt in der frischen Brise ... auf 400 m merkt's niemand mehr, und näher lassen wir keinen heran. Glock Zehn gehn wir Anker auf, bleiben also noch 1¹/₂ Stunden, die sollen meinen Leuten gehören. — —

Lautlos gehen die Maschinen an, die Palmen und Farne, die sich zierlich gegen den sternflimmernden Nachthimmel hoben, verschwimmen mit dem Dunkel der Bucht und den Bergen, die sie säumen. Wir fahren langsam, denn die See ist voller Untiefen. Wenn wir nicht die genauen Karten unserer eigenen Vermessungsschiffe, besonders die vom „Planet", hätten, könnten wir überhaupt nicht wagen, zwischen die Inselgruppen hineinzugehn, und dann hätte uns der Feind schon längst. Wir wissen ja ganz genau, daß sie zu 70 auf unserer Spur sind. Sie ahnen freilich nicht, daß unser Funkenapparat so fein ist, daß er alle ihre Funksprüche auffängt ... Solange wir aller dings so dicht unter Land gehen, wie eben, stören die Metalladern der Berge Sumatras die sprechenden Wellen.

Aus der Back tönen abgerissene Klänge einer Zieh= harmonika, so recht trübetimplig sentimental, so ganz wie unsre Jungen — nicht sind. Aber das ist ja nun mal so. Ich steige zur vorderen Kommandobrücke hin= auf; auf der Steuerbordseite, denn nach Backbord wälzt sich unter dem trägen SSW der ganze Schornsteinqualm. Der Kommandant ist selbstredend auch schon droben, deutlich erkenne ich ihn da vorn, einsam steht er, auf die Reeling gestützt am weit ausladenden Signalhäus= chen und schaut seewärts. Seewärts ... in der Rich= tung weit weit liegt die Heimat.

Wir gehen jetzt in tiefem Wasser, die Inseln treten zurück, leise lassen die stärker laufenden Maschinen das Schiff erzittern, höher schäumt die Welle am Bug, rauscht auf und sinkt verebbend zurück zu ihren Geschwistern, immer wieder, bei jeder neuen Welle dasselbe Spiel. So geht's nun wieder in die wogende See. Im matten Silberlicht der Tropennacht blinkt Welle auf Welle heran und vorüber . . . vorüber. Achter uns, hart über der Kimmung strahlt das Kreuz des Südens; unter mir heben sich fahl und kalt die Schutzschilde und Rohre unserer 10 cm-Geschütze . . . da ist die Stimmung verflogen, die Adern straffen sich an der Stirn, es ist doch immer eine willensstarke Umschaltung nötig, vom Mensch zur Maschine. Aber es muß! Und dann ist der Ozean erstarrt! — Unser Schiff ein Organismus von Stahl und Eisen . . . und wir, wir sein Gehirn. Was weiter? Die Pflicht heißt: vernichten! Gut und Blut, Schiffe und Menschen. Und zur Pflicht zwingt die Ehre! Drauf! Brite, go on!

„Hallo!" Der Kapitän tritt zurück vom Auslug, er hat den Ruf erwartet. „Kommen Sie mit?" — „Gern." Wir verschwinden in der splittersicher unter dem Kommandoturm eingebauten Funkstation. „Wir haben schon wieder Anschluß," verkündet freudig Henrichs und deutet auf den laufenden Papierstreifen . . . unhörbar und fast zögernd schreibt der Stift. Der Sender muß sehr weit entfernt sein; v. Müller und Henrichs hören schon aus dem Geräusch des Stiftes den Inhalt des Telegramms, ich kann so fix nicht mit. Es ist wenig von Bedeutung, oft unterbrochen; zu schwache Wellen . . .

Plötzlich klappert der Apparat laut und hart ... der britische Kreuzer „Hampshire" meldet über uns hinweg nach Singapur dem Geschwaderchef: „Sidney-Kolombo frei, habe keine Spur. Wohin?" ... Singapur, leiser, weil weiter entfernt, antwortet, leider Chiffretelegramm. Aber Henrichs hat auch darin Übung. „Immer noch das alte System! funken: Route Kolombo—Bombay halten. E -- das sind wir — sucht Kontakt mit „K"." — „Heißt auf deutsch „Königsberg'," bemerkt der Kapitän zu mir hin, „so, also den sind wir für 'ne Weile los, Kerle sind ja rein verbohrt." Nach und nach erfahren wir ohne Mühe, wie der Feind verteilt ist, dann kommt nichts Neues mehr. Wieder an Deck und auf die Brücke!

Da kommt Henrichs in mächtigen Sätzen hinter uns die steile Treppe heraufgejagt: „Hurra! wieder einen!" Er schwingt den neuesten Morsestreifen. Wieder fragt der Kapitän des „Farquhar", 9000 Tonnen von Kolombo nach Schanghai, an, ob Malakkastraße frei sei, er stehe in der Höhe der Nikobaren. „Schade, den kriegen wir nicht mehr." — „Doch," meint Henrichs, „wir funken, er solle warten." Das wird ein gewagtes Stück, aber wir wagen's. Der Kapitän geht selbst nach unten und diktiert die Telegramme. Derweilen lasse ich die Maschinen auf volle Kraft stellen.

Da ist auch schon unser junger „Alter" wieder auf der Brücke. Er strahlt: „Der Brite kommt wahrhaftig uns zulieb mit Südkurs her, wir haben ihm vorgeschwindelt, wir seien der „Hampshire' und sollten ihn eskortieren, er glaubt's auch." — —

Die Sonne steht in diesigem Dunst; obwohl es Mittag ist, will der leichte Schleier über der See nicht weichen. Wir liegen immer noch auf Nordkurs, aber gefechtsklar, warten darauf, den „Farquhar" zu treffen. Es bleibt ein gewagtes Spiel; wenn unser Funkspruch gestern nacht abgefangen wurde, dann hatte man natürlich gleich los, daß wir nicht der richtige „Hampshire" waren, und wir müssen gewärtig sein, daß wir heute den Feind auf den Hals bekommen. Wir sehen zwar jetzt dem „Hampshire" verzweifelt ähnlich mit unsern vier Schornsteinen, aber englische Kriegsschiffe müßten uns doch sofort erkennen. Jedenfalls sind wir auf alles gefaßt . . .

Nach Stunden kommt unser Opfer in Sicht, wir fahren so, daß wir zwischen ihm und der Sonne stehen, da sieht er uns nur als Schattenriß. Als der Dampfer uns erschaut, stoppt er, wartet, bis wir heran sind, und läßt sich täuschen. Inzwischen ist der Kutter klar und bemannt, stößt ab . . . in demselben Augenblick rauscht unsere deutsche Kriegsflagge hoch, mit leichtem Knall bläht sie der Wind. Da können sich unsere Jungen nicht halten und singen los: „Stolz weht die Flagge schwarz-weiß-rot" . . . der Kutter ist in der Mitte zwischen beiden Schiffen, durchs Glas beobachten wir das Durcheinander auf dem Engländer. Die Wut auf den Gesichtern! „Flagge streichen" funkt Henrichs. Sie zögern: „Vor wem?" Haha, sie kennen uns noch nicht... „Vor der deutschen Flagge! Vorwärts!"

Aufgeregt laufen sie drüben auf der Brücke hin und her; unser Kutter ist nah heran ... so, nun aber Schluß!...

„Linkes Buggeschütz — Feuer!" Scharf vor dem Steven des Briten schlägt die Granate ins Wasser, tanzt in Sprüngen noch zwei=, dreimal und verschwindet... Das hilft. — Als die Sonne die See berührt, gehen wir mit der Besatzung des „Farquhar" an Bord wie= der nach Süden unter Volldampf. Einsam und ver= lassen liegt der gekaperte Dampfer und tappt in der Dünnung schlingernd hin und her. Dann steigt eine weiße Wolke auf, dumpf kommt ein Krachen übers Meer ... und lautlos sackt der „Farquhar" ruckweis in die See. Die Wellen stürzen nach und schäumen im Zusammenprallen in der Mitte noch einmal em= por ... dahinter sinkt die Sonne.

— — — — — — — — — — — — — — — — — —

„Das war vorgestern. Heute haben wir den 27. Ok= tober. Die Mannschaft des „Farquhar" sind wir schon losgeworden. Auch der Japaner „Kamasata" hat heute früh dran glauben müssen; grade vor der Nordeinfahrt in die Sundastraße bei der Bangkainsel haben wir ihn noch erwischt. War ein besonderes Fest= essen, grade weil er ein Japaner war. Heute geht's nun durch die Südeinfahrt der Malakkastraße, zwischen den südlichen Inselchen durch an Singapur vorbei. Ich habe Dienst, der Kapitän schläft mal ein paar Stunden. Die kurze Dämmerung liegt schwer und traurig auf der See ... irgendwann muß mal wieder der Mensch in mir die Herrschaft bekommen haben ... ich erschrecke jedenfalls fast, als plötzlich Henrichs neben mir auftaucht aus seinem Funkenloch: „Mensch, weck den Kapitän, wir kriegen Arbeit, saftig, sag' ich dir!" ...

In drei Minuten bin ich wieder oben, der Alte mit. Der wirft einen Blick nur auf den Morsestreifen, schaut uns an. „Kinder, Kinder . . .“ sagt er bloß und zittert dabei vor freudiger Erregung, dann rein in den Turm, ans Sprachrohr: „Maschinen — volle Kraft! . . . Ruder — hart Backbord! . . . So und nun bitte die Herren Offiziere!“

Ich jage nach der Messe zu den Kameraden. Mit jagen die Gedanken . . . längst ahne ich ja, was der Alte will, denn der Papierstreifen enthielt die Worte: „Schemtschug‘ und ‚Mousquet‘ Pinang vor morgen abend nicht verlassen. Ablösung am 28. abends mit Instruktion erwarten“ . . . Welchen Jubel wird das geben im Schiff! Das ewige Kapern wird man müd; nun heran und gekämpft! . . . „Schemtschug“ . . . bei Tsuschima kam er mit blauem Auge davon . . . ich zweifle, ob morgen auch . . . Herrlich, herrlich . . . Russen und Franzosen in einem befestigten englischen Hafen in den Grund zu bohren . . . Die Aussicht!!

Um drei Uhr morgens wurde „Klar Schiff“ geschlagen. Nach forcierter Fahrt standen wir zehn Seemeilen vor Pinang in SO. Und nun frischweg mit Volldampf in den Hafen! Die See geht hoch hier draußen. Wir sind alle auf der vorderen Brücke in Mänteln; es hat aufgeklärt gegen Morgen, das Gestänge trieft, gespenstig wachsen in unserm Rücken der Mast und die vier Schornsteine in die Dunkelheit. Über die Berge der Prinz von Wales-Insel kriecht bleiern der Morgen herauf. Hei! wie unser Bug durch die Wogen fegt und wildschäumende Wellen schnaubend zur Seite wirft, als könnten wir gar nicht rasch genug heran an den Feind. Um nicht aufzufallen, setzen wir ein Toplicht. Über uns aus dem Mars kommen ab und zu Worte geflattert wie Krähen im Morgenwind: dort lauern Frerichs und Dirksen mit dem einen Maschinengewehr. Steuerbord querab kreuzt uns ein niedriger Schatten. Wird der Torpedojäger sein, sieht uns aber nicht, oder hält uns für einen Engländer. Weiter!

Es wird schon so hell, daß ich deutlich die Kanoniere unterscheiden kann hinter den Schutzschilden der Buggeschütze ... Im Schlaf wollen wir den Feind doch nicht überfallen ... Henrichs funkt schon und meldet uns auf Anruf der Funkstation als „Hampshire“ natürlich ... die Wellen werden schwächer ... wir nähern uns der Reede ... Der Alte und ich gehen in den Turm. Ich rufe sämtliche Gefechtsstationen nochmals an ... alles fertig. Der ganze Osthimmel tagt, schnell wie sie gekommen, schwindet die Nacht, von den Bergen streicht ein scharfer Wind her übers Meer, gut so, wenn auch die Glieder steif werden, er treibt uns den Rauch nach hinten ... so hell ist's schon, daß sich Land und Wasser im Hafen selbst unterscheiden lassen... rechts voraus auf der Reede ... das Dunkle, Massige ... das muß der „Schemtschug“ sein und richtig... drei Schornsteine ... drei Masten ...

Die Ziele werden verteilt, ich telephoniere sie den Stationen ... Der Russe liegt unbeweglich vor den Bojen, sollten wir rammen? Zu zweischneidige Waffe, der Sporn! „Halbe Kraft!“ 1900 m Abstand ... wir halten grad auf den Kreuzer zu ... 800 ... „Ach-

tung!" in allen Stationen … 700 … Ich drücke
den Knopf unter dem Schildchen „Torpedo Backbord".
„Achtung!" … 650 … „Ruder — 2 Strich Steuer=
bord!" … 600 … Der Kommandant gibt die Be=
fehle, kurz, metallen hallt seine Stimme im gepanzerten
Raum … „Los!" Es galt dem Torpedo … Sekun=
den verstreichen … Ich weiß, jetzt erscheint dies Wort
in Flammenschrift auf der Milchscheibe im Torpedo=
raum drunten im Schiff unter der Wasserlinie …
schiebt sich der Torpedo ins Wasser durch das leise
klappende Ventil … Da steigen auch schon seitwärts
in Backbord die Blasen auf … Trifft er? … Die
Kommandos jagen sich … „Ruder hart Backbord!" …
Nun legen wir uns quer vor den Russen … „Steuer=
bordtorpedo! los!" … Einen Blick werfe ich durch
den Sehschlitz … steilaufsteigende Fontänen am Bug
und der rechten Seite des Russen … Die saßen! …
Schauerlich krachen die Explosionen durch den Morgen …
Von drüben noch kein Schuß … „Breitseite in Steuer=
bord! 500 m Visier! … Schnellfeuer!" …

Unter uns rast es los, endlich wieder einmal! …
seit langem, seit Madras und Pondichéry … Aber
schon in fünf Minuten ist alles vorüber … der „Schem=
tschug" sinkt … er feuert bis zuletzt … aber er hat
von Anfang an Schlagseite bekommen, die Geschütze
feuern in die Luft … So sinkt er in Brand und
Rauch! …

In schlankem Bogen verlassen wir die Reede, zum
Hohn werfen unsere achteren Geschütze, die noch nicht
zum Feuern kamen, im Vorbeifliegen ein paar Granaten

ins Fort Cornwallis ... doch das bleibt stumm ...
Da kommt uns von draußen der „Mousquet“ entgegen.
Ein rasendes Schnellfeuer, und er treibt als Wrack
ab und sinkt. Ein paar Leute fischen wir auf. Machten
die Gesichter, als sie hörten, wer der Feind war!

Als wir wieder auf die Brücke treten — vor uns
die offene See, hinter uns Trümmer und Rauch —,
kommt Henrichs mit einem neuen Morsestreifen: „Der
letzte Gruß vom ‚Schemtschug‘! Erst hat er in der Über=
raschung fröhlich auf russisch gefunkt, und als ihm ein=
fiel, daß es doch besser englisch sein müßte, da ließen
ihm unsere Jungen nur noch Zeit zum Stammeln...“

Auf dem Papierstreifen stand: „Take care off
Em ...“ Jawohl vor „Emden“! Hütet Euch!!

— — — — — — — — — — — — — — — —

Heute ist der 9. November. Es beginnt schwach zu
tagen. Durch die Morgenluft knattern vom Land her=
über ein paar Schüsse. Muecke ist mit einer Abteilung
an Land, um die Funkenstation zu zerstören und die
Kabel abzuschneiden. Ein letzter Versuch, unsere Fährte
zu verbergen, und doch wissen wir jetzt schon, daß er
vergeblich war. Wir sind entdeckt, Henrichs hat uns
den Streifen gebracht, der uns verriet: „Station Kokos=
inseln. Emden hier!“ Wir hatten zwar gehofft, in der
Dämmerung nicht erkannt zu werden, aber sie haben
aufgepaßt. Und unsere Meute gerufen. Und die Meute
naht. Zuerst antwortete nur „Sidney“, sie steht uns
am nächsten, bald aber liefen die Funksprüche von allen
Seiten ein. Erst ganz schwach, entfernt. Von Stunde
zu Stunde wurden sie stärker, härter klapperte der Stift

am Empfänger ... wir konnten es fast sehen, so deut=
lich fühlte man aus dem Anschlag des Apparates —
wenn wir auch diesmal seine Chiffresprache nur in
Bruchstücken verstanden — wie etwa acht feindliche
Kreuzer unter Volldampf strahlenförmig immer näher
jagten, wie der Ring sich schloß. Jeder von ihnen ist
uns überlegen ... Wir wissen genau, daß der fünfte
Akt begonnen hat ... Wie war's doch? ... lang ist's
her, seit wir's sangen ...

> „Und kommt die Früh im blut'gen Kleid
>
> — — — — — — — — — —
>
> Da magst du, Tod, zum Reigen
> Uns geigen!“ ...

Wir wollen ihnen entgegen ... können nimmer
auf Muecke warten, sonst fängt uns der Feind im Loch...
Der Anker rasselt hoch ... hart gehen die Schrauben
an ... Wir Offiziere sind alle auf der Brücke beim
Kapitän. Der steht, als sei er mit dem Schiff ver=
wachsen, sei er auch Erz und Stahl, mit beiden Hän=
ben auf die Reeling gestützt, trotzig nach vorn geneigt —
keine Muskel zuckt in seinem Gesicht ... Aber die
Augen ... brennen und blitzen ... Keiner spricht ein
Wort —: Die letzte Fahrt!

> „... Hell sind Mut und Schwert!
> O Lebenslust, wie reich du blühst!
> O Heldenblut, wie kühn du glühst!
> Wie gleicht der Sonn' im Scheiden
> Ihr beiden!“ —

Über der Landzunge in Steuerbord wächst eine Rauch=
fahne herauf. Also keine Minute zu früh! ... „Sidney!“

Was fragen wir jetzt danach, daß der Brite uns mit seinen 15 cm-Geschützen Kaliber 50 in Grund und Boden schießen kann, ehe unsere kurzen, 40 kalibrigen 10 cm-Kanonen ihn überhaupt erreichen können? ... „Volldampf voraus!" Wie sagt' ich doch neulich? ... „Zur Pflicht zwingt die Ehre!" Drauf! Brite, go on!...

„Rechtes Buggeschütz — Feuer!" wir lassen uns das erste Wort nicht nehmen. Aber es reicht nicht bis hin, matt schlagen die Geschosse Hunderte von Metern vorher ins Wasser. Die Antwort zischt über uns weg. Zu weit ... Jetzt sind wir heran ... Sechs Geschütze donnern los ... Beizend dringt der Pulverdampf durch die Sehschlitze zu uns in den Kommandoturm ... Ein lautes „Hurra!" kommt herein ... richtig: Treffer. In der Bugwand der „Sidney" klafft ein zackiges Loch, auch auf dem Mittelschiff hinter dem Schornstein krepiert eine Granate.

Wieder bringt lautes Jubeln aus dem Schiff herauf: der Engländer hat nach Norden abgedreht „und läuft davon", so meinen die Leute an den Geschützen. Wir wissen es besser: nun ist unser Schicksal besiegelt. Der Feind tut nur, was wir im umgekehrten Fall ebenso machen würden: er nutzt seine überlegene Geschwindigkeit aus und bestimmt von sich aus die Gefechtsentfernung, natürlich so, daß er mit seinen langen Geschützen uns voll erreicht, aber nicht wir ihn mit unseren kurzen.

Wir sahen das kommen; es ist gräßlich, abgeschossen zu werden, ohne daß man sich wehren kann... Jetzt, Emden, gute Nacht! .. In wenigen Minuten hat

sich die „Sidney" mit ihren Heckgeschützen eingeschossen...
dann greift die Backbordbatterie mit ein, das ganze
Schiff sprüht Blitze und Dampf... Nach fünf Mi=
nuten Meldung aus der Maschine: „Die Feuer haben
keinen Zug mehr!" Zugleich kommt einer in Feuerlee
herübergejagt vom Löschposten in Backbord: „Der vor=
dere Schornstein ist über Bord gegangen, die anderen
haben beide Treffer!" Natürlich können dann die Feuer
keinen Zug mehr haben. Aber es gelingt trotz des
feindlichen Feuers, den zweiten Schornstein zu flicken,
freilich unter Verlusten... Im Turm können wir kaum
unterscheiden, was eigene Schüsse sind und was feindliche
Treffer... Aber noch sind alle Leitungen intakt... die
Stationen melden die Verluste, sie mehren sich schnell...

„Na ... was?... Warum antwortet ihr nicht?...
Großmann!"...

Keine Antwort... Unser Feuer scheint schwächer...
als ob schon nicht mehr alle feuerten... Jemand
schlägt gegen die schwere Tür... „Öffnen Sie!"...
Als sie aufgeht, steht einer davor... blutüberströmt...
„Großmann!"... Er muß schreien in dem Donner=
getöse... Und schreit auch: „Außer Gefecht... beide
Heckgeschütze... Volltreffer... und wir kommen..."

Krach!! da! Feuer und Splitter! Großmann greift
in die Luft und stürzt zusammen... tot... knirschend
schließt sich die Tür... Unsicher wird unser Feuer...
die Geschützführer fehlen... Wir holen die Leute von
den Backbordgeschützen herüber zum Ersatz... Immer
noch flackert das Feuer ziellos hin und her... Denn
das Ziel ist unerreichbar.

Ich weiß, was Großmann sagen wollte: und wir kommen — nicht hin! . . . Nur nicht denken . . . Schießen! Aber's trifft ja nicht hin . . . Einerlei: Schießen! . . . Jetzt ist der Ersatz heran. Fortissimo brüllen die 10 cm wieder los . . . recht so und Schnell=feuer! . . . Eine Stunde lang geht so das Gefecht. Es ist gleich 11 Uhr. Ich sehe, wie es in v. Müllers Mienen arbeitet . . . er kennt das Ende . . . es naht mit Riesenschritten . . . Vor wenigen Minuten erst kam berstend und donnernd der vordere Mast über unseren Turm herunter. Die Stahlplatten schütterten nur so . . . Noch schweigt unser Feuer nicht . . . Tapfere Kerle! . . .

Der Brite ist gefeit gegen unser Feuer — durch die Entfernung . . . Bleibt unverletzt.

„Meldung vom Achterschiff: Feuer!!" . . . das ist das Ende! . . . Wo sollen wir Leute hernehmen zum Löschen? Vierzig Mann sind noch an Land! — „Ge=fahr! das Feuer nähert sich dem Munitionsraum!" Jetzt ist der Kommandant entschlossen: Schluß!

Wenn das Feuer um sich greift, muß bald das Steuer versagen; dann ist die „Emden" ein Wrack. Und da wir uns nicht ergeben, so ist der Feind ge=zwungen, uns zu vernichten. Und dann geht alles in die Tiefe. Und soll doch nicht. Unsere tapfern Jungen haben's nicht verdient, ohne Zweck geopfert zu werden. Da bleibt nur noch eins: das Schiff vernichten und die Mannschaft retten!! Zwei Seemeilen entfernt hebt sich das Riff von Nord Keeling aus dem Meer. Dort stirbst du, „Emden"!

Der Kapitän spricht kein Wort zu uns, aber ich weiß, daß er so denkt, sehe es an seinen Augen. Nun kein Zögern mehr: „Ruder noch klar?" — „Ruder klar!" — „Ruder hart Steuerbord!" — „Maschinen= raum — Öl ins Feuer! mit äußerster Kraft voraus!!"... Befehl an alle Geschütze: „Feuer einstellen!"

Wir treten heraus aus unserm Turm. Die Brücke ist unpassierbar, wirr hängt das Gestänge des Ober= mastes über die zerknickten Wände. Zerfetzt liegt die Flagge über der Treppe. Doch jetzt ist keine Zeit zum Sehen, jetzt heißt's Handeln! Immer noch! Mit großer Fahrt wühlen wir uns durch die See, stracks, unbeirrt aufs Land zu. In verbissenem Grimm lösen die Kano= niere die Verschlußteile der Rohre. Ins Meer damit! Um jedes Geschütz liegen Tote und Wunde. Wir arbeiten uns durch die Zerstörung, über blutbeschmierte Planken bis zum Herd des Brandes. „Alles brennen lassen!"

Näher schäumt die Brandung der Küste... Mit Knirschen und Knacken wie von berstendem Metall fahren wir aufs Land auf. Der Ruck wirft uns alle nach vorn... Noch ein paar Schwankungen... die „Em= den" liegt still. Für immer!!

In Feuerlee sind noch zwei Boote ganz. Sie fliegen aufs Wasser... und die sehnigen Arme, die eben noch Rohre gerichtet in zähem Trotz... tragen behutsam wie Mutterhände die blutig zerschossenen Kameraden... über die alten geliebten Planken von dem dem Tode geweihten Schiff, mit Herzblut geweiht... und betten sie sanft in den Booten... „Retten!" heißt die Parole.

Der Brite liegt kaum 200 m entfernt. Nun braucht er uns nicht mehr zu fürchten . . . Uns nicht. Die „Emden" ist gewesen. Ihr Wrack rostet im Indischen Ozean. Und doch: Hütet Euch! Denn die „Emden" lebt! Ihr Geist lebt. Ihr kennt ihn: „Santa Maria!" Ihr spürtet ihn: „U 9!" Die „Emden" war nur ein Stück vom Ganzen. Und das Ganze lebt! Und heißt: deutscher Geist! — — Hütet Euch!!

Bei Santa Maria.

Henner und ich standen an unserem Maschinen=
gewehr im vorderen Gefechtsmars des „Gneisenau".
Wie manches Mal nun schon, seit wir Tsingtau ver=
ließen. Aber unsere Patronenkiste ist noch immer fast
voll. Wenn's so weiter geht, rostet unser Gewehr noch
ein. Wozu haben wir eigentlich Kanonen, wenn wir
nicht schießen? „Wart's ab," sagt Henner und läßt
seinen Priem in schneidiger Flachbahn an die Schorn=
steinwand hinter uns wandern (als wir ausliefen,
bracht' er's nur bis zur Hälfte des Weges, seit ein
paar Tagen kommt er aber bis hin — und ist stolz
drauf). „'s klärt uff," sagt er und deutet mit dem
Daumen nach Westen, wo überm Horizont ein strah=
lender Streifen hochkommt, „un wann's uffgeklärt hot"…
er war schon wieder am Kauen . . . „da komme se
raus un da git's Fäng'." — „Wenn sie aber nicht
kommen?" — „Da lange mersche us!" — „Meinste?" —
„Do kannste Gift druff nemme. Gestern stann ach hei
un ho gehirt, wie der Aal onne uff der Brick zum
Erschte Offizier saht: Wissen Sie, ich bin es auch müd,
ich denke, morgen packen wir an, wir sind stark genug
trotz dem ‚Canopus', saht he, un da noch wos vo
Coronel, ower ach konnt's nemmie herrn." Sein Priem=

chen von daheim noch vom Joh. Daniel Haas nahm
ihn wieder ganz in Anspruch. Ich mußte auch genug,
denn wenn unser Alter das gesagt hatte, dann hatte
der's vom Geschwaderchef auf dem „Scharnhorst", und
der hatte zu befehlen, und ich lugte schärfer nach Süden.
Coronel, hatte er gesagt, das war der nächste chile-
nische Hafen ... Hm ... allerdings ging es nun
schon stark auf Fünf ... in zwei Stunden mußte die
Nacht da sein.

Henner machte sich am Maschinengewehr zu tun
mit einer Inbrunst, daß ich lächeln mußte. Der Schweiß
stand ihm in hellen Tropfen auf der Stirn. Und dazu
war der Temperatur nach gar kein Grund.

Recht kalt sogar fegte der Wind über uns hin.
Gestern beim Sturm wäre es uns wohl vergangen,
stundenlang hier oben im Mastkorb zu hocken; die See
allerdings geht heut höher nach dem Sturm, solange
der raste, hat er sie niedergehalten. Nun bäumt sie
dagegen an und wirft uns hier oben, wo das Schlin-
gern und Rollen besonders stark fühlbar ist, oft unsanft von einer Seite auf die andere. Der Bug unseres
Schiffes ist bei jeder Welle sekundenlang in weißen
Gischt gehüllt, selbst übers Oberdeck fegen die Spritzer
oft hin. Die Mittelartillerie auf dem tiefer gelegenen
Batteriedeck hat sogar die Luken schließen müssen, sonst
würde jede Sturzsee die Kasematten unter Wasser setzen...
Vor uns fährt der „Scharnhorst" in ein paar hundert
Meter Abstand, rechts voraus, fünf Seemeilen entfernt, steht die „Dresden", die Transporter folgen uns
unter Seitendeckung durch „Leipzig", eine niedergehende

Bö verdeckt sie, auch die vier Schornsteine unseres Schiffes verbauen uns die Aussicht.

Breiter und breiter wird die Blänke im Westen. Das Meer fängt an zu glänzen, zusehends steigen die Wolken und schieben sich vor der Sonne weg — — Dann schießen die Strahlen nieder auf die See, ungehemmt von der schweren Wolkendecke ... ein silbernes Band blitzt auf den Wassern ... es wächst und schreitet her zu uns, schimmernd und gleißend, nun schwimmt die „Dresden" im silbernen Meer, selbst ihr Rauch wird verklärt, glüht auf in der Sonne wie ein Glorienschein ... her über die Wellen breitet sich lautlos ein Läufer, schimmernd von Gold und blitzend von Edelgestein ... Jetzt taucht der „Scharnhorst" hinein, abendgoldübergossen ... vor unserem Bug schäumt die Woge höher, sprüht über Deck in Myriaden glitzernder Perlen ... wie eine warme Welle leckt es herauf über den schweren Turm mit seinen beiden Rohren ... wir stehen in blendender Sonne — — Und bleiben drin, wolkenlos klar ist der Westen geworden, nur hinter uns, schräg gegen das Festland hin, geht noch ein Schauer nieder aus schwerem Gewölk; darüber wölbt sich ein Regenbogen. — — — — — — — — — — — —

Auf der „Dresden" flattern Signale hoch, denn gefunkt soll nicht werden, um dem Feind unseren Anmarsch nicht zu verraten. Was mag's für eine Botschaft sein, die in stummer Sprache von Mast zu Mast hastet? auf und nieder klettern in jagender Eile die Flaggen an der Leine. Das Flaggschiff hißt die Antwort ... ein kurzes Hin und Her von Worten, die sich zu Meldungen und Befehlen formen — ob es losgeht? . . . Noch schweigt der „Scharnhorst“ . . . Unter uns auf der Brücke eiliges Rennen und Laufen . . . jetzt steigt vor uns auf das Winkerhäuschen über dem achteren Kommandoturm des Flaggschiffs — wir können bei den scharfen Schlagschatten der untergehenden Sonne ohne Glas jede Einzelheit auf dem „Scharnhorst“ erkennen — ein Maat mit den Winkflaggen; bei uns steht schon der Empfänger bereit . . . da! . . . für einen Augenblick stockt der Atem . . . Drüben tönt, noch ehe die behende Sprache der Winkflaggen verstummt ist, rollender Wirbel durchs Schiff . . . Sekunden nur später setzt er auch zu unseren Füßen ein . . . jetzt löst sich die lange Spannung . . . „Klar Schiff!“ . . . Das also war's: die „Dresden“ hat den Feind gesichtet! . . .

Schmetternde Signale schwingen sich über den knarrenden Wirbel der Trommeln, jauchzend und hart unter uns an Deck, zerpflückt und gedämpft trägt sie der Wind von den anderen Schiffen herüber. Alle Mann an Deck!

Da fliegen die Luken auf und es verschwindet alles vom Oberdeck, was nicht niet- und nagelfest ist. Von den Rohren der 21 cm-Geschütze vor uns werden die Schutzkappen heruntergenommen, auf dem Bootsdeck große Netze über die Boote gespannt, um bei Treffern die Splitterwirkung zu verringern, nasses Segeltuch zerren sie hervor und breiten es über die hölzernen Planken zum Schutz gegen Feuer . . . die Bilder verschwimmen, so wimmelt alles durcheinander wie ein Ameisenhaufen . . . Kaum habe ich Zeit zu einem Blick vor uns nach dem „Scharnhorst“: dasselbe Bild. —

Henner muß hinunter, und Leutnant Schmidt taucht aus dem Treppenschacht auf mit einem Scherenfernrohr, hinter ihm her schleift ein Telephondraht, durch den er das Feuer des vorderen 21 cm-Turms zu leiten und zu korrigieren hat. Die Leitung funktioniert ... Ich soll sie bedienen, der Leutnant hat genug zu tun mit der Feuerbeobachtung ... aber noch ein zweites Kabel muß angeschlossen werden, das uns mit dem Kommandoturm verbindet, um über ihn auch das Feuer der Kasemattgeschütze in der Hand zu haben für den Fall, daß deren Beobachter mittschiffs außer Gefecht gesetzt wird. — — — — — — — — — — —

Über dem allen sind nicht zehn Minuten verstrichen. Ruhe herrscht im Schiff. Jeder wußte, was er zu tun hatte. Der „Gneisenau" ist „klar".

Auch auf den anderen Schiffen ist alles „klar zum Gefecht".

Mein Kompaß zeigt, daß wir noch immer auf Südkurs liegen. Backbord querab, fern im Osten hebt sich, heller als der Himmel, ein winziges Streifchen Land über die Wogen: „Santa Maria". Nach wenigen Minuten schon ist's verschwunden. Rasend schnell kommt die Dämmerung. Nur nach Westen zu heben sich die Wellenkämme messerscharf gegen den flammenden Horizont, hinter dem die Sonne sank. In wundervollem Schattenriß liegt die „Dresden" westwärts, wartet, bis wir ihr aufgelaufen sind. Hinter uns schert sie als letztes Schiff der Kiellinie ein, in Gefechtsabstand von der vor ihr fahrenden „Leipzig". Die Transporter bleiben zurück. Vom Feind noch nichts zu sehen...

„Aber er muß ganz nah unter dem Horizont stehen," sagt Leutnant Schmidt, „wir haben schon seit vier Uhr seine F. T.-Rufe sehr deutlich gehört, die er mit Schiffen des eignen Geschwaders und mit einem weit entfernten vermutlich japanischen Kreuzer wechselte. Wir müssen ja drauf gefaßt sein, daß wir eines schönen Tages auch diese gelben Fratzen überm Visier auftauchen sehen."

Ein neues Signal des Flaggschiffs lenkt uns ab; kaum sind die bunten Lappen in die Höhe, da fällt auch schon der „Scharnhorst" einige Strich nach Steuerbord ab. Wir folgen im Bogen ohne Formationsänderung. Kurs SSW.

Die Augen bohren sich durch den Qualm, der vom „Scharnhorst" her noch einen Schleier vor unsern Blick legt ... Leutnant Schmidt deutet mit der Hand nach Südwesten. „Dort kommen sie" ... Biß jetzt ist weiter nichts zu sehen, als eine leichte Trübung im nun schon matteren Abendhimmel über den dunklen Wogen ... langsam erst tauchen dann zwei, drei verschiedene Rauchsäulen auf, fallen aber rasch in sich zusammen. Denn der Sturm fängt wieder an zu pfeifen und drückt den Rauch aufs Meer. Über uns im Tauwerk beginnt es zu heulen und zu ächzen, wie gestern schon und vorgestern ... Huiii ... huuuuii ... Hinter uns ist alles in brauende Finsternis getaucht. Nur der Westen ... jetzt stehen schon die Masten und Schornsteine überm Horizont ... winzig klein, aber klar. — Uns werden sie kaum erkennen können, gegen den Sturmhimmel haben wir ausgezeichnete Schutzfarbe ... Gebannt hängen die Augen am Feind ... Steuerbord voraus.

Er hat ziemlich Vorsprung . . . Nun werden auch die
Aufbauten sichtbar . . .

„Sie sind's!“ Leutnant Schmidt läßt mich einen
Blick durchs Scherenfernrohr tun . . . ich seh's nun
genau . . .: Die typischen englischen Aufbauten sind gar
nicht zu verkennen . . . jetzt sind auch die Masten der
anderen beiden herauf . . . noch eine vierte Rauchfahne
kommt hoch . . . Das Herz klopft mir bis in den Hals
vor Erregung. „Nur ruhig Blut!“ mahnt Schmidt.
Er hat schon wieder das Rohr vorm Auge . . . „Natürlich . . . allerdings den letzten kenn' ich nicht.“ — Na,
er mußte sie ja alle im Schlaf erkennen von Rechts
wegen, als Beobachtungsoffizier. — „Vorn dampfen:
‚Glasgow‘ als Dritter, ‚Monmouth‘ als Zweiter, das
Führerschiff ist ‚Good Hope‘“ . . .

Noch ist kein Schuß gefallen. 14 000 m zeigt der
Entfernungsmesser, das ist noch zu weit. Aber unsere
Leute liegen auf der Lauer. Es gibt ein Gefühl ruhiger
Sicherheit, wenn man von hier oben sieht, wie die
schweren 21 cm-Geschütze lautlos mit ihrem Turm
nach Steuerbord drehen, ebenso die ganze Bestückung
der dem Feind nun zugekehrten Steuerbordbreitseite.
Jede Verschiebung der sich nähernden Geschwader
macht sich sofort an der Richtung der Rohre bemerk-
bar. Keine Sekunde schwindet den Geschützführern
das Ziel aus dem Visier. Aber noch bleibt der eherne
Mund stumm. Wir haben's so eilig nicht, denn wir
sind uns der unbedingten Überlegenheit unserer schweren
Artillerie (Breitseitlage: 12×21 cm- gegen 2×23,4 cm-
Geschütze) bewußt. „13 000 m“. Noch immer zu weit.

Vorläufig kämpft Maschine gegen Maschine. Unsere sind stärker. Langsam, aber unerbittlich läuft unsere Linie der des Feindes auf ... keinerlei Signale flattern mehr an den Leinen, ein Beweis, daß jetzt die Befehle wieder drahtlos kommen. Es ist ja auch nichts mehr zu verbergen ... 11 000 m. Wir liegen auf Südkurs. Auch der Feind sucht die Schlacht, sonst hätte er längst nach SW abfallen können ... „10 000 m“ ... „WWwummm!“ ... „Scharnhorst“ hat das Feuer eröffnet, seine Steuerbordseite ist in weißen Rauch gehüllt ... deutlich sehen wir mit bloßem Auge die Wassergarbe, die das einschlagende Geschoß aufwühlt ... „Zu kurz,“ konstatiert Leutnant Schmidt. Der nächste Schuß ist schon hart heran. Für die Engländer mit ihren alten Geschützen ist die Entfernung noch zu weit... Aus dem Kommandoturm kommt der Anruf, der die drahtlos übermittelten Schußentfernungen vom Flaggschiff meldet ... Noch hat der Kampf nicht begonnen, es war nur ein Herantasten ans Ziel ... unter uns steht der ganze Stab noch draußen auf der Brücke... Es verstreichen wieder ein paar Minuten ...

Es ist genau 7 Uhr 12 Minuten. Vom Kommandanten kommt neue Meldung: „Zweites Schiff unter konzentrisches Feuer nehmen. Ziel verteilen. Feuerbefehl abwarten“. Ja „abwarten“, und wir brennen vor Kampfeslust ... Und zusehends kommt die Nacht... Jetzt... Feuerstrahlen zucken vom Flaggschiff feindwärts... „Mund auf,“ denk' ich noch im rechten Augenblick ... da rollen auch schon die sechs Donner vom „Scharnhorst“ herüber ... und dann brüllt es unter uns los … zweimal … dann viermal kurz hintereinander vom Achterschiff. Die erste Lage unserer 21 cm!… Sofort meldet Schmidt ein paar kleine Korrekturen hinunter in den vorderen Turm … Scht!!! pfeift's über uns weg … der erste englische Gruß! Keiner von uns hatte gesehen, daß es auch drüben aufblitzte, so stark war die Rauchentwicklung unserer ersten Lage… Aber vorläufig haben sie nur zwei Geschütze, die bis zu uns herübertragen … Doch wir fahren mit äußerster Kraft … die Entfernung verringert sich schnell … auch bei uns fehlt die Musik der kleinen Kaliber, sie liegen bei dem hohen Seegang zu nah über Wasser… Doch die 21 cm speien Lage auf Lage hinüber … Merklich verringert sich die Entfernung … 8000 m…

„Kopf weg!" schreit mir Schmidt ins Ohr. Höchste Zeit! Mit berstendem Krachen setzt eine feindliche Granate auf das Dach des vorderen Turmes auf… Bis herauf zu uns fliegen die Sprengstücke … Aber der Turm feuert weiter … und durchs Telephon kommt die Antwort: „Ganze zwei Mann leicht verwundet!"… Das war der erste Gruß von „Monmouth". Und „Monmouth" ist unser Ziel … wir beobachten deutlich, wie genau die Turmgeschütze feuern … Fetzen um Fetzen fliegt aus der Bordwand des Gegners… Nun züngeln die Flammen hoch … aber es gelingt scheint's, den Brand zu löschen … das Feuer der „Monmouth" schwillt wieder an … aber nur kurz, dann spritzen unsere Granaten vor ihr ins Wasser… und haben doch dieselbe Schußweite wie vorhin … aber durchs Rohr erkennt man's deutlich: „Monmouth"

treibt langsam nach Westen ab … scheinbar mit schwerer
Ruderhavarie, ihr Feuer verstummt … Noch ist das
dritte Schiff nicht aufgeschlossen … wir verlegen unser
Feuer auch auf die „Good Hope“ … in 7000 m Ab=
stand … Lang wird sie nicht aushalten … auch sie
zeigt Brandwirkung … Oho … da ist etwas nicht
klar … „Glasgow“ läuft spornstreichs aus der Reihe
heraus nach Westen davon … Unaufhörlich krachen
die Salven … Scheinbar hält der Feind den Kurs
nicht mehr ganz … Wir müssen wieder das Feuer
um ein paar Grad korrigieren … Hei! … Hurra!
Die Lage saß voll in der Wasserlinie … Wie zur
Antwort dreht sich „Good Hope“ und schlingert auf
uns zu … Wieder speien die Rohre zu sechst ihr Eisen
hinüber … und es kommt keine Antwort … Als sich
der Rauch verzieht … liegt die „Good Hope“ mit
Schlagseite nach Feuerlee … Backbord steht hoch aus
der See, klaffende Löcher erzählen vom Weg unserer
Panzergranaten … stumm liegt der Panzer, macht
kaum noch Fahrt, ja freilich: Schlagseite bei dem See=
gang! … Plötzlich schlagen die Flammen aus dem
wunden Schiff … hoch auf leckt die Lohe … in gewal=
tiger Explosion birst der Panzerkreuzer auseinander …
Wie ein Schleier zieht sich der Qualm vor den sinken=
den Feind … „Good Hope“? Alle Hoffnung ist aus …
„Feuer einstellen!“ Es ist wenige Minuten bis Acht.

Wir dampfen auf den sinkenden Feind zu. „Good
Hope“ ist verschwunden. Der schwere Seegang macht jede
Rettungsarbeit unmöglich. Kein Boot käme heil vom
Schiff ab, geschweige denn heran. Der Fernsprecher meldet

sich wieder. „Leutnant Schmidt droben?" — „Jawohl"...
„Bitte, Herr Leutnant"... Es ist Leutnant Rickmers, der
anruft. Was mein Leutnant hineinruft, höre ich, das
übrige muß ich mir zusammenreimen: „Hallo!... Ach,
du, Hans! — Wir sollen nach unten?! — Wie? Mensch,
ist das wahr? Nur zwei Leichtverwundete? Das
ganze Geschwader? — So. Ja. Habt ihr Verbindung
mit der ‚Nürnberg'? — Gut. — Ja, ich komme schon."

Nun bin ich wieder allein hier oben. Der Geschütz=
donner schläft, aber der Sturm heult, und platschend
schlägt der Hagel nieder ... Die Wolken haben den
ganzen Himmel überzogen ... kochend schäumt die
See um das Schiff ... Das Geschehen der letzten
Stunde steht fast traumhaft vor meiner Seele. See=
schlacht! Gesiegt! Es ist alles so mathematisch her=
gegangen, nüchtern fast. Und doch klopft das Herz:
Sieg! Und jauchzt das Blut: Sieg! ... Der erste
Sieg in offener Seeschlacht! ...

Da blitzt achteraus in Steuerbord ein Scheinwerfer
auf ... Wie schwankt sein Licht im Sturm! ...
Sollte das? ... Rummbumm ... rrrummmm ...
krachen dumpfe Schüsse durch die Nacht ... deutlich
kann man einzelne Salven unterscheiden ... Das ist
die „Nürnberg" ... gibt der „Monmouth" den Todes=
stoß ... Wie sich das trifft ... Nun flammt Feuer=
schein wieder über den Wogen, breite Flammen ... nicht
das zuckende Sprühen der Geschütze von oben ... Dann
verhallt der ferne Donner im Sturmessausen ... Das war
„unser" erster November ... und unser schönster Tag!

S. M. S. „Ayesha“.

Der Morgen graute erst, als die Pinasse von der
„Emden“ abstieß. Fritz und ich kamen zusammen in
den einen Kutter in ihrem Schlepptau, den Oberleutnant Gyßling befehligte, der zweite unterstand Leutnant Schmidt, auf der Pinasse selbst war Kapitänleutnant v. Muecke. Sie führte zwei Maschinengewehre,
wir hatten je eins außerdem in den Booten. Alles
war in fieberhafter Erwartung. Hundert Europäer
wohnen auf der Insel. Ob die sich ohne weiteres ihre
Kabel und Funkenstation zerstören lassen würden?
Einerlei, haben mußten wir sie. Denn von hier laufen
Kabel nach Batavia, Singapur, Perth und Adelaide.
Und erst gar die Funkstation! War ja das erste Ziel
unserer Sehnsucht ... Die Pinasse zog fest an, im
Bug unseres Kutters kauerten zwei Mann hinter dem
Maschinengewehr, wir andern saßen dichtgedrängt, die
geladenen Gewehre gesichert überm Knie, Fritz am
Außenrand — er kriegte öfter Salzwasser als Liebes-
gabe bei dem Lavieren zwischen den Riffen hindurch.
Düster lag die Hafeneinfahrt vor uns, dahinter die
niedrigen Dächer von Keeling ... Nach drei Monaten
sollten wir wieder den ersten Fuß an Land setzen. Hart

neben dem Pier lag ein kleiner weißgestrichener Schoner, noch einer von den alten, mit drei kümmerlichen Masten ... „Ayesha“ steht in verschabten Buchstaben am Heck. Ob sich bei dem das Kapern überhaupt lohnt?...

Knirschend schrammte die Pinasse am Pier. Im Handumdrehen waren wir aus den Booten. Sofort richteten sich die Läufe der Maschinengewehre nach der Station. Ein Teil von uns besetzte alle wichtigen Punkte — viel waren's nicht; wir andern mit dem Ersten Offizier an der Spitze zur Funkstation. „Laufschritt, marsch marsch!“

Der Morsestreifen des letzten Telegramms, das trotz der hartnäckigen Störungsversuche durch den Apparat der „Emden“ in verräterischen Wellen vom Funkenmast in meilenweite Runde zitterte und Hilfe rief, war kaum unter dem Taster hervor, als sich der Telegraphist vom Apparat zurückgerissen sah, neben ihn traten wir zu zweit mit aufgepflanztem Seitengewehr, andere drängten hinter unserm Ersten Offizier drein, der sich förmlich und freundlich dem leitenden Beamten vorstellte: „Kapitänleutnant v. Muecke.“ Ein paar höfliche Sätze hinterher, und widerstandslos übergaben die Herren ihre Station. Unser Erster Offizier geleitete sie bis vor die Station. Er fragte: „Wo enden die Kabel?“ — „Im Meer,“ hörte ich den Engländer noch gerade sagen, dann schloß sich die Tür. Wir nahmen brauchbare Teile der Apparate heraus, was übrig blieb, gab unsern Beilen Arbeit.

Knappe zehn Minuten später krachte der Mast mit den Antennen unter unserer Dynamitpatrone zusam-

men, das Maschinenhaus, das ein erhebliches Lager
von Reserveteilen barg, fraßen die Flammen. Unter=
dessen hatte die Pinasse endlich das versteckt in See
mündende Kabel gefunden, aber das Durchschneiden
machte Schwierigkeiten. Wir sahen von der Station
aus, wie sie sich damit abmühten.

Plötzlich erschien die „Emden“ vor der Hafeneinfahrt.
„Tuuuuuut! Tu—utt… Tuuuuuut!“ heulte die Dampf=
sirene. Alle Arbeit ruhte sofort … Da blitzte es
am vorderen Mast auf. Der Scheinwerfer, im Licht
des trüben Tages sichtbar, wie ein Heliograph, morste:
„— . . . . — . . . . — — — . — — .“: „Beei=
lung!“ Warum nur? Schon schrillten die Pfeifen der
Maate an Land: „Sammeln!“ In wenigen Minuten
war die Pinasse wieder klar mit uns im Schlepptau.
Da … gerade als wir losgeworfen hatten … dreht
die „Emden“ ab und steuert mit großer Fahrt in See.
Fast im selben Augenblick krachen ihre Geschütze, und
nur wenig später schlagen um sie herum auch schon
feindliche Granaten geysernd ins Wasser. Erst vom
Dach der etwas höher gelegenen Station aus, daß wir
in Hast erklimmen, wird uns der Gegner sichtbar. In
laufendem Ferngefecht verschwinden beide Schiffe sehr
bald am Horizont, denn die ganze Insel steht nur
wenige Meter über Wasser. Nun sind wir allein.
Auf uns angewiesen. Es geht jetzt auf elf Uhr. Mit
fester Faust nimmt unser Kapitänleutnant den Befehl
über … die Insel. Die Flagge steigt an der Stange
vor der Station in die Höhe. Die Maschinengewehre
werden an beherrschenden Punkten eingebaut … die

Bewohner gezwungen, alle Waffen abzuliefern... Die Insel wird befestigter deutscher Platz. Gehalten von 45 Mann und drei Offizieren ... Gegen Mittag kommt die „Emden" wieder in Sicht, halb zum Wrack geschossen, unterhält aber ein unausgesetztes Feuer auf den in weiter Ferne erkennbaren englischen Kreuzer. Die Kämpfenden verschwinden wie am Morgen, das Gefecht zieht sich nach Norden. Wir ahnen den Ausgang.

„Antreten!" ... Es ist drei Uhr geworden. Wir stehen im Kreis um den Ersten Offizier. „Wer von euch hat schon Dienst auf einem Segler getan?" ... Eine Anzahl tritt vor. „Gut, macht sofort den Schoner da seeklar! Wir laufen vor Sonnenuntergang aus!"... Unsere Blicke folgen v. Mueckes Finger zur ... „Ayesha".

Drei Stunden später ist sie seeklar; die Ladung von Reis und Kakao konnte so bleiben. Wasser ist bald übergeholt. Proviant von den Bewohnern der Insel requiriert, viel hatten sie nicht. Als v. Muecke sich mit lässigem Gruß von den Herren Engländern trennt und die Planke betritt, die den Schoner mit dem Land verbindet, fliegt unter drei Hurras die Flagge, die vorher vor der Station geweht, ins Top des Fockmastes. „Stolz weht die Flagge schwarz-weiß-rot vor unsres Schiffes Mast!" Der Schoner ist deutsches Kriegsschiff, S. M. S. „Ayesha"!

Bis wir von der Insel frei sind, schleppt uns die Pinasse, wir die Kutter. Bis nach der entfernten Hoers-burg—Insel—Bucht. Dort werfen wir Anker. — — —

Mit dem Frühlicht des 10. November wird es lebendig an Deck, denn da lagen wir die Nacht, sonst ist

kein Platz auf unserm kleinen Kasten. Pinasse und
Kutter liegen angebohrt auf dem Grund der stillen
Bucht. Eine Jolle besitzen wir auch seit gestern. Die
werden wir behalten. Ein kameradschaftliches Gewimmel herrscht an Deck. Bis der Mensch des Tages er-
wacht ist.

Der Kommandant befiehlt uns sämtlich in die Back.
Kaum haben wir Platz. Er selbst steht am Bugspriet,
an den Klüverbaum gelehnt, scharf hebt sich sein straffer
Körper gegen die kommende Sonne. Sein Gesicht ist
ernst. Der erste Gottesdienst auf der „Ayesha“! Der
Kommandant spricht ein Gebet im Gedenken an unsere
„Emden“, deren Geschick auf unseren Herzen zweifelnd
lastet, für die Kameraden, die gestern den ungleichen
Kampf gekämpft; sehnsuchtsvoll schwingen die Gedanken
über die Meere zum hartbedrängten Vaterland. Das
„Amen“ der ganzen Mannschaft eint uns in dem Schwur:
„Mit Gott für Kaiser und Heimatland!“ Verheißend
glüht die Flagge zu unsern Häupten auf im ersten
Sonnenstrahl.

„Kameraden!“ Scharf wie ein Messer hallt’s vom
Bugspriet her. „Kameraden“ hat er gesagt, ja, fester
schweißt uns, als alles, die Not. Die 47 drängen sich
näher an den Führer heran. „Ihr kennt unsere Lage.
Wir müssen durch! Nach Batavia! Mit dem Kompaß
allein, ohne genügenden Proviant, mit wenig Wasser;
aber mit deutschem Mut. Das Wort, das wir auf
dem Koppel tragen, bleibt die Losung: Gott mit uns!
Ans Werk!“ Über uns schlagen die Rahen im ersten
Anspringen der Brise gegen den Mast. Anker auf!

Mit lautem Knall bläht der Wind die Segel. Mit ein paar Schlägen sind wir von der Insel frei. Ahoi! Nun geht's in die wogende See! — — — — —

Samstag. Das ist nun ein ander Leben als an Bord der „Emden"; am knappsten sind wir mit dem Trinkwasser dran. Die Rationen werden streng bemessen: morgens einen Becher Kaffee, mittags Gänsewein, abends Tee, immer die gleiche Menge. „Menge" ist gut gesagt allerdings. Na, alle freuen wir uns schon auf die Hühner, die wir an Bord nahmen als Andenken an die Kokosinseln. Nachts ist's bannig kalt. Wir haben aber nur unsere dünnen Tropenuniformen. Tags in der Sonne tun uns die Helme sehr guten Dienst. Ein Segen, daß unsere Schiffsjungen noch immer im Segeldienst ausgebildet werden, sonst säßen wir jetzt recht übel auf. Wir Landratten sind ja auf der „Ayesha" die reinsten Waisenknaben. Und bekommen täglich Instruktionsstunden von den „gefahrenen" Leuten, damit wir auch zu was nütze sind. Bald haben wir das Nötigste gelernt. Im ganzen steht guter Wind, doch gab es auch schon Tage, wo wir mühsam mit halbgefülltem Gaffelsegel bei gebraßten Rahen vorwärts hinkten, oder gar rückwärts, denn hier gehen starke Strömungen und bringen große Abtrift: — — — —

Heute sind wir acht Tage in See. Frische Brise. Haben volle Leinwand gesetzt. Der Klüver hatte schon ein großes Loch, ist aber tadellos geflickt. Gert war der Künstler. Gestern fiel starker Regen. Da haben wir alle an Deck geduscht — für gewöhnlich fällt Waschen aus. Und ein ganzes Faß voll Regenwasser gesammelt. Der Kommandant sagt: 580 Seemeilen sind schon durchlaufen... Gegen Abend hört der Regen auf, im Westen steht eine große Blänke. Wird Wind bringen. Können jede Mütze voll gebrauchen. Heute stehen wir wieder um den Kommandanten, entblößten Hauptes, in stillem Gebet. Vor acht Tagen um diese Stunde sank wohl die „Emden“ — und lebt doch. „Mögst stehen uns fernerhin bei!“...

Der Himmel hat sich wieder umzogen, aber die Brise setzt aus; schlaff klappen die Segel am Mast. Ich habe Freiwache. Und sitze mit Fritz W. in Steuerbord am Fockwant. Wir lehnen an die Reeling. Versonnen und stumm. Aber ob wir nun reden oder schweigen — an einem nur bohren die Gedanken: „Emden“! Und immer drückender lastet auf uns die Sorge um die Heimat. Im jachen Dienst auf unserm Kreuzer war wenig Zeit zu denken. Aber jetzt, wo wir in einer Nußschale von nicht ganz 100 Tonnen auf dem Ozean schaukeln und oft mit der Langweile kämpfen, da nagt uns die Ungewißheit am Herzen. „Der Rhein überschritten! Die Russen im Anmarsch auf Berlin!“ so lauteten die Nachrichten, die uns allein in die Hände kamen. Wir haben gelacht. Doch glimmt drunten in Tiefen des Herzens ein Zagen. Schimpfliche Schwäche? Und ist doch da! Bei allen. Und ist keine Schwäche, ist Liebe. Vaterland, Vaterland!... Achtern im Schiff singt Heinz wieder sein Lied... wir kennen's schon alle... „Mit Gewitter und Sturm aus fernem Meer, mein Mädel, bin dir nah!“ Mein Mädel, singt er und meint „Deutschland!“... Mein Mädel, summen wir mit und meinen „Vaterland"! Nicht nennen, nicht sagen kann ich's, was ich meine ... Die Brüder sind es, die teure Heimat! Ja mit den Winden zu fliegen ... „über turmhohe Flut, von Süden her!"... Wir lauschen und sinnen ... die Nacht liegt auf See... und die Wogen schimmern weißköpfig vorbei ... „wenn nicht Südwind wär' ... ich ... nimmer wohl käm' ... zu dir! ... Ach, lieber Südwind ... blas' ... noch mehr!"... Ach lieber Südwind!... Gott grüß' euch, all ihr Lieben! — — — — — — — — —

Rings nur die See, gestern stand im Westen kurze Zeit eine Rauchwolke. Heute ist's wieder leer ... und öde. Der Wind schläft. Wir auch.

Mittags Übung im Winken und Segelsetzen. Bänke im Nordosten verheißen Wind. Nach Batavia zu fahren gaben wir schon seit Anfang der Woche auf, versuchen Padang anzulaufen. Der Wind aus SO ist da und wird Sturm. Wir haben schwere Arbeit mit den Segeln. Aber machen dann gute Fahrt vor dem Wind unter voller Leinwand. Die „Ayesha" geht wie ein Rennboot. Doch die alten morschen Segel sind zum Reißen voll, wir müssen die Rahsegel reffen und die Gaffel brassen, sonst legt der Winddruck das Schiff um. Bei der Reisladung hat die „Ayesha" wenig Steifheit aufzuweisen, droht also im Sturm fortgesetzt Gefahr des Kenterns ... Aber wir halten durch. Blitze zucken durch die Nacht und mürrisch rollen die Donner über den Wogen. Heisa, das ist Musik! Die Sturmfahrt bringt uns auf die Höhe. „Über turmhohe Flut von Süden her!" — — — — — — — — — —

Montag, den 23. November. Land in Sicht! Düster im Nordwesten ... Am andern Morgen: laufen langsam mit wenig Wind zwischen Pora und Siborott hindurch. Segler. — Mittwoch, den 25. Vor uns liegt Sumatra. Wir sind dicht vor Padang. — Donnerstag. Immer mehr entfernt sich die Küste. Wir liegen seit vorgestern davor und warten auf Wind, treiben aber derweil immer mehr ab. Versuch, mit unsern Booten den Schoner zu pullen, war vergebens. Unter der Küste morgens und abends ein Dampfer nach und von Batavia vermutlich. Ein Dampfer! Ahnt ihr, welche Gefühle das in uns auslöst? Ein bißchen Raubtier lebt ja in jedem. Kreuzen den ganzen Tag. — Freitag, den 27. November. Wir sehen schon die Häuser von Padang. In höchstens einer Viertelstunde fällt der Anker.

Was nun wird, wissen wir noch nicht. Der Kommandant ist stumm wie das Grab. Mit Recht, denn niemand darf Wind bekommen, was wir vorhaben. In vier Wochen brennt der Tannenbaum. Grüßt mir mein Deutschland! Wenn der Brief euch erreicht, sei's ein Weihnachtsgruß! Grüß Gott! Euer Heinrich.

Ich schreib dar grad unter. Der Jung sieht gut aus und braun. He hat mich den Brief geben, as ich mit Uve Larsen int' Boot an det Schip längs ging, in'n Dunkeln, wegen die Holländers.

Un dat's allens war so: Wir hatt'n beide noch nit utslafen und druckten an Bord von „Kleist“ herüm, der seit'n September in Padang festsitzt von wegen die Engländers. Un nu also stand'n wir an Bord

un döſten; no ſeggt Uve to mi: Jung, kik, ſe haben
enen fangt. Weil von See dat Torpedoboot kam und
en Schuner in Backbord von’m. Aber: Dunnerſlag!
fuhr’s uns uf een Slag rut. Un wi warn up
emol ſeeklar, dats Ding hatt’ unſer Kriegsflagg in’
Topp. Und ſo wor es, un es ſünd 48 von de „Em=
den“ weſen. Mit’n Kommandant v. Muecke. Un
nu die Freude! Un die Oogen von die Hollän=
ders! 18 Tag warn’ ſe in See, up ſo’n ollen Kaſten.
Was „Ayeſha“ hieß, ihr Schiff. Drei Maſten mit ollen
Fetzen an, aber bein’ Abfahrn allens neu, von uns
Landslüt zuſammengelegt. Proviant un Kleider un
allens. Un es ging bis Abend hin un her mit’n Boot.
Un als es ſchummrig wurde, kömmt uns een Offizier
von „Kleiſt“ un ſeggt: „Jungs, macht die Jolle los,
ich will rüber auf die ‚Ayeſha‘, aber die Holländer
dürfen nix merken.“ Un ümmer in Schatten von’n
Schiffen ſlutſchten wir över. Mit’n großen Koffer un
en Pack Zeitungen. „Denn“, ſeggt be Offizier, „ich gehe
mit den Kameraden in See. Der ‚Kleiſt‘ kann mir
geſtohlen bleiben.“ Un nu wollten wir ooch mit. Ging
aber nicht, denn 49 warn ſchon zu vill auf den kleinen
Dings. Uve blieb int’ Boot und be Offizier und ich
enternt’n an der Beſchlagszeiſing, die bald bis upt’
Waſſer hing, an Deck. Bloß mußte ich widder runner,
un be Offizier blieb oven. Und die Zeitungen han ſe
bald freten, un denn fand eener b’ Blatt, wo vorn
upſtand: „Antwerpen gefallen! Bombardement von
Reims! Die Deutſchen vor Warſchau!“ un las dat
laut vor. Und da kam euer Jung un grient noch vor

Freud über dat, wat in' Zeitung stand, un seggt to
mi: ich soll sin Brief mitnehmen und nach Hus schicken.
Un dorbei drückt he min Hand, als wär's een Anker-
spill. Un nu sind se schon wieder in See. Un verschwunden, wie de fliegende Holländer. Übers Wasser
nach Hus. Un wir mußten hie bleiben. Aberst wenn
he kömmt — un he kömmt, dat is sicher — no drücken
se ihm och de Hand in min Namen so fest as he mir,
un seggen se ihm, wir hätten fest mitsungen, als sie
aus den Hafen liefen: „Deutschland, Deutschland über
alles!" und „Es braust en Ruf as Donnerhall, as
Swertgeklirr un Wogenprall ... Wenn wir man bloß
mit drupslagen könnten.

In düssen Sinn grüßt Jhnen Pidder Hansen.
Up'n „Kleist" in Padang.

Es vergingen zwei Monate. Vom Golf von Ben-
galen kam Kunde, daß der Kohlendampfer „Oxford"
gekapert sei, bald mehrten sich die Mären. Der Feind
verhoffte staunend: die „Emden" war doch tot! ... Von
neuem suchten die Kreuzer. Scharf bewacht waren
die Straßen des Meeres. Der Schrecken von Ben-
galen blieb. In der Straße von Perim kreuzten Zerstörer.

Jeder Segler beäugt und durchsucht; war alles umsonst. Seit dem 15. Dezember schon lag die „Ayesha"
auf dem Meeresgrund.

Aber ein kleiner Frachtdampfer von 1700 Tonnen
pürschte sich frech an Aden vorbei ins Rote Meer. Und
trug v. Muecke mit seinen Helden. Heil!

„Holt fast, Jungs!“ „Na, und ob!“ 5000 Meilen! und noch nicht müde?! Heil euch, ihr blauen Jungen!

Doch in der Straße von Perim kreuzten Zerstörer! — „So? Mehr nicht?!“ Durch! — — — — —

Vor Hodeida machte sich ein Ungetüm von französischem Panzerkreuzer unnütz. Ein Scherzobjekt der türkischen Truppen, die um Hodeida zelteten. Wie eine aufgedonnerte Dame saß er mit wenig Abwechslung seit Wochen hier — arbeitslos. 8000 Tonnen mochte er groß sein. „So? Mehr nicht?!“ Ha!

Kurz vor ihm erst fiel der Dampfer nach Land ab; gemächlich. Und hißte die deutsche Kriegsflagge! Bis der Franzose Lunte roch, war die Mannschaft an Land und geborgen.

Da endet die Mär. Ihr fragt, wie das ward? Da müßt ihr Muecke fragen. Der kommt ja jetzt heim. Und die neue „Emden“ ist im Bau. Die dritte! Wer weiß, wie das noch wird? — — — — — — — —

In zitternden Händen hielt die Mutter das Extrablatt: „Die Mannschaft der ‚Emden II‘ geborgen!“ . . . Und ging in die Kammer. Und holte den Brief. Wie hatte der Junge geschrieben? . . . „Das Wort auf dem Koppel bleibt die Losung: Gott mit uns!!“ . . . „Ja, Junge!“ . . . und jauchzte vor Freude. — Wir alle mit.

Nibelungen!

... In englischem Lazarett, kriegsgefangen ... das ist nun unser Los. Aber wir sind nicht viele mehr, die es teilen, die meisten nahm die See in die Tiefe ... und vom „Scharnhorst“ alle, alle. Auch den Admiral. Eh’ wir auszogen nach Ostasien, hat er noch gesagt: „Wenn’s Krieg gibt? — Dann hoffe ich mich mit einer großen Anzahl Engländer auf dem Meeresgrunde wiederzusehen!“ Nun ist’s so geworden. Er hat es gewußt und wir auch, und doch flammte immer die heiße Zuversicht in unsern Herzen: Durch! flammte höher am Abend von Santa Maria! Wie immer wieder die Wunden schmerzen! und das Herz sich zusammenkrampft ... Und es ist doch alles wahr ... ist kein Traum ... ist gramverzerrte, nackte Wirklichkeit. Die Heimat ist nicht fern, noch näher die Brüder, die den stählernen Ring in schimmernder Wehr um Deutschlands Grenzen ziehen, noch näher die Kameraden, die den Angriff todesmutig hier herübertragen auf ihren flinken Booten, gedeckt und umspült von meergrünen Wogen ... und wir, wir ... sind gefangen! Sehen durchs Fenster die Brandung schäumen am fernen Riff, sehen die Sonne in roten Gluten westwärts sinken in die See, hören herauf vom kleinen Hafen Geheul der

Sirenen und Pfeifensignale — und wissen, daß unsere
Arme in diesem heiligen Krieg keine Rohre mehr richten
zu Deutschlands Schutz, daß wir keine deutschen Planken
mehr unter die Füße bekommen, nachdem unser Schiff
vor der Übermacht sank ... und wir verwundet sind
und gefangen!

Draußen kämpft das letzte Licht mit der sinkenden
Nacht, rüttelt der Nordwest und pfeift ums Haus und
läßt die Scheiben erklirren Und vor den Augen, die
sehnsuchtsweh meerwärts schauen, ballen sich die Wolken überm Horizont, dunkel jagen sie am matten Abendhimmel hin, verzerrte Gebilde, aber meine Augen formen sie und sehen, sehen Schiffe ... kämpfen ... und
sinken ...

Und es kommen immer mehr ... und ich höre wieder, wie Henner ihnen Namen gibt und mit ihnen
Schlachten schlägt ... und immer siegt ... und dann
ist alles wieder, wie es war ... wir stehen im Ge-
fechtsmast des „Gneisenau“ ... und liegen mit dem
ganzen Geschwader in Kurs nach den Falklands-
Inseln ... ja, ja ... er ist kaum zu erkennen in der
Dunkelheit, der „Scharnhorst“ ... das Geschwader ist
ziemlich auseinandergezogen ... alle sind wir so froh!...
Heute ist der 7. Dezember und wir stehen östlich von
Kap Horn, mit NNO-Kurs ... aus der Back tönt es
im Wellenrauschen herauf: „In der Heimat ... Heimat,
da ... gibt's ein ... Wiedersehn!“ Ja, ja, die Nacht
hab' ich wenig geschlafen!

Sonnig und klar kommt der Morgen des 8. Dezember herauf ... und kalt, elend kalt. Bis über den

vorderen Turm hinauf, soweit nur eben die feinsten Spritzer reichen, ist alles weiß, am Gestänge hängen ganze Eiszapfen, die erst die Sonne langsam wegschmilzt. Dunkel liegt die See in dem tiefen Grün, das ihr hier unten eigen ist, unwillig schäumen in der steifen Brise hier und da kurz und regellos weiße Wellenköpfe auf. Wir machen gute Fahrt.

Durch Funkspruch erfahren wir von unsern vorausgeschickten kleinen Kreuzern, daß in Port Stanley nur zwei englische Panzerkreuzer liegen. Wenige Minuten später wirbelt wieder einmal das „Klar Schiff!" durchs Geschwader. Einen ganzen Monat schon schwieg es; seit Santa Maria. Und nun zum zweiten Male: Heran! Die Maschinen gehn auf: Hohe Fahrt! Ja, hohe Fahrt, Siegesfahrt! Stolz weht die Flagge...!

Viel zu langsam geht's uns allen noch. Heran, heran! Das Geschwader fährt in Kiellinie rangiert, in der gewohnten Marschformation: „Scharnhorst", dann wir, und hinter uns die „Kleinen". Bald laufen wir unsern vorausgesandten Kreuzern auf, die scheren ein, an den Schluß der Linie ... und weiter mit hoher Fahrt.

„Feind in Sicht!" Hart unter Land, nur durchs Glas erkennbar, obwohl wir sichtiges Wetter haben. Das Grau der Panzer verschwimmt mit der Bucht und den Bergen. Aber ... das ... sind ... ja auf einmal sechs! Große Schiffe. Panzerkreuzer allesamt! Unwillkürlich fliegt mein Blick nach dem Admiralsschiff hinüber. Unbeirrt schneidet der „Scharnhorst" in großer Fahrt feindwärts durch die Wogen. Drauf!

Drauf! Nun gilt's! Wir gehen mit äußerster Maschinenkraft seitwärts dem Flaggschiff in Dwarslinie über, die kleinen Kreuzer staffeln sich auf den Flanken achteraus, alles ohne Kursänderung. Drauf! Aber die Gefechtsentfernung ist noch nicht erreicht ... noch schweigt das Geschütz. Es wird heiße Arbeit geben.

Plötzlich drehen „Leipzig", „Dresden" und „Nürnberg" nach Südwesten ab ... mit Volldampf. Nanu! Ich sehe noch gerade, wie sich beim Feind drei Schiffe in gleicher Richtung vom Geschwader lösen ... da kommt der Befehl: „Nach unten kommen!"

Wir hasten durch den engen Schacht im Mast hinunter. „Zur Stelle!" Die Offiziere schauen ernst drein, furchtbar ernst. Nun kommen auch die Leute vom Maschinengewehr im achteren Mast. Vom Feind sehen wir nichts, den verdecken die Aufbauten der Brücke ... sehen nur unsere flüchtenden kleinen Kreuzer ... und können uns keinen Reim darauf machen ... irgend etwas liegt in der Luft, etwas Schweres, ein dumpfer Druck legt sich um die Schläfen.

„Gaebel und Fritz zum Löschposten in Steuerbord, die anderen unter Deck, bereit zum Ersatz in der Backbordkasematte!" Leutnant Schmidt sieht unsere fragenden Gesichter. „Ja ja, Kinder, die ‚Kleinen‘ gehen davon ... Befehl vom Admiral ... sie sind keine Kampfschiffe wie wir" ... er strafft sich in die Höhe, in den Augen ein stählernes Blinken, „und wir kämpfen heut' um die Ehre, vor uns liegen acht Gegner, drei davon führen 30 cm-Geschütze ... Wir greifen sie an ... auf Tod und Leben! ... und ... Jungens ...“

feuern … iu Steuerbord, ein paar hundert Meter ent=
fernt zischen die Fontänen einschlagender Geschosse aus
der See, dann erst kommt der Schall der Schüsse vom
Feind herüber. Ob unsere Lage traf? Wir können
nichts vom Feind sehen von unserem Posten aus, auch
treibt uns der Wind den ganzen Pulverdampf der
feuernden Backbordseite ins Gesicht. In die Pausen
der großen Kaliber hinein dröhnt das heisere Bellen
der Schnellfeuergeschütze, die Geschwader nähern sich
schnell, denn schon setzt auch die Musik unserer 8,8 cm
stakkato ein, die ganze Backbordseite sprüht Blitze und
Rauch, übertönt für unsere Ohren das Feuer des Fein=
des … regellos scheint das rasende Schnellfeuer, und
doch fliegt kein Schuß aus dem Rohr ohne Ziel …
schießen haben wir gelernt … In den ersten Augen=
blicken waren wir betrübt, weil tatlos in dieser brüllen=
den Hölle; mechanisch werden die Handlungen, aber
dann ist der Kopf wieder Herr und die Ruhe im
Herzen, geboren vom heiligen Willen der Pflicht, spottet
der Hölle … und der Wunden. Schon sitzen die
ersten Treffer. Materialschaden. Aber wie sich der
Feind einschießt, heulen die Granaten nicht mehr nur
durchs Gestänge der Masten und die leichten Auf=
bauten der Brücke. Umherfliegende Sprengstücke reißen
mir den Kameraden links von der Seite, mit stieren
Augen sinkt er langsam an der Schornsteinwand in sich
zusammen, ohne einen Laut; ein rotes Rinnsal färbt
den Boden, fließt beim Schwanken des Schiffes lang=
sam auf mich zu … Sfffsch krach!! setzt vor mir ein
Geschoß auf den Sockel des Scheinwerfers am Kran,

beizender Qualm schlägt mir entgegen, ich höre das Knacken der um mich an die Wände geschleuderten Sprengstücke ... wie vorhin ... roter Nebel hüllt mich ein ... Krachen und Bersten und Schreie ... und dann rollt der Donner nur fern, und mir wird so leicht, als höben mich Flügel, lichte Flammen tanzen vor den Augen ... Feuerräder ...

Lang muß ich so gelegen haben, denn als ich erwache, ist um mich das Chaos, Stahlsplitter und Fleischfetzen; wo der Kran stand, ist nichts mehr, zersetzt hängt der zweite Schornstein nach Steuerbord über ... und um mich brandet der Donner der Schlacht, wild und würgend ... schliefriges Blut klebt die Finger der Rechten zusammen ... fremdes ... das Rinnsal hat den Weg zu mir gefunden ... Zerschlagen taste ich mich nach der Außenwand, ein Leichenhaufen sperrt den Weg, lahmgeschossen ragt das nahe 8,8 cm-Geschütz gen Himmel ... wahrhaftig auch hier in Steuerbord steht der Feind nun ... umzingelt! ... Das Feuer vom „Scharnhorst" ist entfernter und schwach ... nun kann ich ihn sehen ... zu Fünfen sind sie über ihn her, da wo er ist, blitzt es in einem fort aus Rauch und Dampf.

Gneisenau" hat einen Augenblick Luft. Ich klettere nach unten, die Treppe war einmal. Auf halbem Weg liegt Leutnant Rickmers, nein, was da liegt, war einmal Leutnant Rickmers ... weiter. Ich arbeite mich durch, melde mich in der Batterie. Ein Geschütz feuert noch, die anderen sind außer Gefecht gesetzt ... Durch den tobenden Lärm schreit mir der Geschützführer zu ...

ich verstehe nur was von „vord ... Turm", also dort=
hin zum Ersatz.

Heil komme ich durch die Trümmer und Treffer bis
zur Tür. Der Turm feuert unausgesetzt ... aber nur
mit dem einen Rohr ... Beim Öffnen müssen sie
innen erst ein paar Kameraden beiseite schieben, deren
Leichen die Türe sperren ... eine blöde stickige Luft
schlägt mir aus dem engen Turm entgegen. Pulver=
gase, Schweiß und Blut ... Leutnant Schmidt kom=
mandiert vom Geschützführerstand aus, sein linker Arm
hängt kraftlos am Körper herunter, der Ärmel ist naß
und rot.

Noch ist die Richtmaschine intakt, noch gehorcht der
Turm dem Antrieb ... Tote und Verwundete liegen
um das stille Geschütz ... wir stehen am zweiten und
feuern, feuern ... knarrend gibt der Munitionsaufzug
seine Ladung her ... Geschoß — Kartusche ... Feuer!
Durch die Pforten seh' ich nun zum erstenmal den
Feind ... auch seine Breitseiten zeigen Löcher, auch
seine Aufbauten sind zerschossen, aber er feuert aus
allen Rohren, als sei er unverwundet ... bei uns
schweigen schon mindestens ein Drittel der Geschütze ...
konzentrisches Feuer, dagegen komm' einer an!

Feuer!! Ohrenzerreißend kracht der Schlag im engen
Turm, zurück prallt der Schall von dem schweren Panzer
und dröhnt, daß der Stahl zu klingen scheint ... Wir
können uns nur durch Schreien verständigen.

Noch kämpfen wir uns mit voller Maschinenkraft vor=
wärts, zum Flaggschiff hin ... brechen den Ring, der sich
vernichtend um den Bruder gelegt ... Heil! wir kommen!

Zu spät! Das Feuer läßt etwas nach ... wir hoffen noch ... hoffen neu. Stolz rauscht „Gneisenau" heran ... aber schon sank der Bruder röchelnd vor der Übermacht ... Jetzt haben wir ihn im Sehfeld ... er liegt todwund ... bis zum Deck schon im Wasser, im Mittelschiff wüten die Flammen. Hoch schlägt die Lohe und leckt an den Maststümpfen hinauf ... aber Blitz um Blitz springt aus den tiefliegenden Rohren noch ... Qualm und Rauch hüllen das Schiff in weiten Mantel ... Haushohe Geiser einschlagender Granaten verdecken ihn oft halb. An Deck, nur wenige Fuß über der lefzenden See, die bleckend und schäumend um die Geschützpforten brandet und schon ungeduldig, gischtend über das blutige Deck hinleckt ... stehn die Kameraden, todumworben, und grüßen zu uns herüber ... und singen ... der Donner verschlingt's, aber unser Herz ahnt es, das ... „getreu bis in den Tod" ... unwillkürlich ebbt der Donner der Geschütze ab ... da der Tod heranschreitet für Hunderte von Helden ... Uns verschwimmt das Bild vorm Auge, manche Brust stöhnt schluchzend auf in Liebe und Trotz ... Mit heiligen Schwüren grüßen unsere heißen Augen die Heldenbrüder.

Wie zur Parade stehen sie an Deck ... Hand in Hand ... zu sterben ... für dich, geliebtes, fernes Vaterland! Noch feuern die letzten Rohre ... da hebt sich das Deck und die See breitet die Arme — —

Wwummm!! so fest riß der Maat am Abzug, daß die Schnur in seiner Hand blieb. Nun sind wir allein. Wie ein Roß bäumt das Schiff unter dem höchsten

Druck der Maschinen gegen den Feind an... Wwummm!!
Feuer! — Feuer!... Brüder wir kommen, aber der
Feind muß mit!... Und Treffer auf Treffer schlägt
drüben ein, wir sehen's genau.... aber der Panzer
ist zu fest, die Entfernung zu groß ... und doch nur
schießen — schießen!

Sehr bald merken wir, daß nun alle feindlichen Geschütze nur uns zum Ziel haben. In dumpfem Aufschlag donnern die Panzergranaten gegen den Schiffs-
rumpf, manch eine bricht den Panzer, und gurgelnd
strömt die See nach; aber immer wieder gelingt es,
drohende Schlagseiten abzuwenden, indem wir ein paar
Schotten auf der Gegenseite vollaufen lassen. Indes
der Panzer liegt dadurch immer tiefer im Wasser, verliert immer mehr Fahrt und wird immer verwund-
barer ... was kümmert's uns ... solange unser 21 cm-
Geschütz noch feuern kann, denken wir an nichts als
das Ziel über dem Visier ... nun taucht der Feind
wieder ins Sehfeld des Entfernungsmessers — die
Schlingerbewegung drückt uns eben nach Backbord
hinunter — jetzt liegt der vordere Turm des „Canar-
von" schußrecht, noch einige Zehntel Grad tiefer ...
Feuer!... Unser Häuflein schmilzt zusammen, durch
die Pforten dringt so mancher Splitter herein, hilflos
hocken die Verwundeten an der Hinterwand des Turmes,
die Leichen türmen sich am Nachbargeschütz ... da ...
ein Donnerschlag, Feuer sprüht über den Rohren und
stickiger Qualm wälzt sich herein, Gott sei Dank, der
Panzer hält ... aber wie Glockenton dröhnt der Aufschlag im gewölbten Turm, summt noch immer fort...

Kaum ist's vorbei, kommt die Meldung aus dem Munitionsraum: „Munition geht aus!" Wir alle haben damit gerechnet, denn das Feuer währt schon über vier Stunden, jetzt ... zehn Schuß noch! ... da wird jeder sorgsamer abgewogen, da zögert die Hand am Abzug ... — — — unmerklich hat sich der Boden gesenkt, jetzt plötzlich in jähem Ruck, nun wieder halt ... aber unser Rohr gehorcht der Vertikalsteuerung nicht mehr ... wieder ein Ruck nach vorn ... schräg abwärts ... da kommt nun schon zischend die erste Welle über Deck ... wenige Meter nur noch steht der Bug über Wasser, die Schotten sind gebrochen oder neue Treffer haben das Leck vergrößert, gemerkt haben wir freilich im Donnergetöse der Schlacht, eingepfercht in den engen Turm, nichts.

„Auf dem Bootsdeck sammeln" kommt der Befehl durch blutüberströmten Boten ... also wieder hinaus in das todsprühende Wettern ... die Verwundeten mit ... ein Schreckensweg ... Nichts ist mehr ganz an Deck ... die Trümmer schweflig überhaucht vom Giftbrodem der krepierten Granaten ... verkohlte Holzstücke schwelen am Boden, zwischen Eisentrümmer eingezwängt Gliederteile und Leichen, an breiten roten Lachen ... noch feuern in Steuerbord zwei, drei Geschütze, fieberhaft, als wollten sie das Letzte hergeben ... und um uns berstet es und kracht, schreitet der Tod in hunderterlei Gestalt ... einen hat er erreicht, wie er den wunden Kameraden wegtragen will, so ist er über ihn hingestürzt ... Henner, mein Freund.

Etwas Schutz gewährt uns der Laufgang. Der Boden steht schief, „Gneisenau" hat Schlagseite nach

Backbord . . . vor mir tastet sich Leutnant Schmidt vorwärts . . . Zum zweiten Male schwindet mir das Bewußtsein, nur den Donnerschlag über uns hab' ich noch gehört . . . ich erwache an Deck, das linke Bein notdürftig in blutige Fetzen gehüllt, die Sonne blendet mich; heiß zuckt der Schmerz an der Seite . . . sie werfen mir einen Rettungsring zu . . . aber ich kann ihn nicht mehr fassen, so lähmt mich der Schmerz . . . alles dreht sich vor meinen Augen . . . aber ich merke, der „Gneisenau" feuert nicht mehr . . . verschossen . . . auch beim Feind schweigt das Geschütz . . . nur fern irgendwo murren dumpfe Schläge . . . „Leipzig", schmerzhaft huscht mir ein vages Erinnern durchs Hirn.

Ganz nah rauschen die Wellen . . . unter mir durch die Planken läuft leise ein wehes Zittern . . . wie beim Wild, das im Schuß sterbend verröchelt . . . alles kann ich nur fühlen, die Lider drückt bleierne Schwere . . . Aber da! Das Klingen! . . . Läßt alles vergessen, Wunden und Tod. „Wie Schwertgeklirr und Wogenprall!" Da möchte die Brust zerspringen vor Wonne und Weh!

Rings stehen die Kameraden . . . Todestrotzig . . . rauh ringt sich das Lied aus den Kehlen . . . und ich kann, kann mit! . . . „Lieb Vaterland . . . magst ruhig sein . . . lieb Vaterland" — da gurgelt's im Schiff und schluchzt an den Wanten — „Fest steht . . . und treu" — da branden die Wogen — „und . . . treu" — und die See breitet die Arme.

Draußen blitzen Scheinwerfer auf und flattern gespenstig, lautlos mit ihrem Licht in der Nacht. Sie suchen. In der Luft? im Meer? Sie wissen, daß unsere Brüder kommen ... Kameraden, wir warten!

Wir kommen! Rings raunen die Wogen dunkel- nächtig. Windschnelle Wolken ziehen übers Meer. Sie rufen uns. Und wir kommen. Zu unsern Häuptern locken die Lüfte, sie kommen vom Meer, vom fernen Süden und „siegestrotzig" mit ihnen das Lied:

> „Von starken Helden
> Mit stolzen Herzen,
> Die das Leben geliebt
> Und den Tod verlacht!" ..

Wir kommen!

Endlich! „Schleuse von allen passiert!" — „Als Letzter?" — „Blücher!"

„Höchste Zeit!" Denn der Morgen soll uns weit draußen finden. Im Westen. Genaues weiß niemand. In der Jade, klumpig und schwarz wie die Wasser, zog das Kreuzergeschwader mit „Seydlitz" als Flaggschiff, achter ihm die drei anderen Panzerkreuzer, vorauf die Aufklärungsschiffe und die schwarzen Husaren. Die konnten doch noch einigermaßen anständig fahren, aber die „Großen" mit ihren 8,2 m Tiefgang! Denen langte es nur zum Schneckentrott, wenn sie nicht Gefahr laufen wollten, im engen Fahrwasser aufzusetzen. Im Schneegestöber sind die Lichter von Wilhelmshaven schon bald gestorben; die Jade liegt dunkel, keine Leuchtfeuer weisen mehr den Weg, keine Boje bezeichnet die Fahrrinne, da heißt's die Augen offen halten ... wenn nur das Schneetreiben aufhörte ... kaum hundert Meter weit ist Sicht. Die Flocken setzen sich in Haar und Bart und leise bahnt sich manch kühles Gerinnsel den Weg hinter den hochgeklappten Kragen, alles quatscht und trieft ... zur Kreuzfahrt fast das vorgeschriebene Wetter.

— Plötzlich schert der „Seydlitz" erst nach Backbord, dann nach Steuerbord und wieder Backbord … wie
ein Schlittschuhläufer, der die ersten Studien macht.
Aber die innere Minensperre ist glücklich durchquert.
Die achteren Kreuzer fangen nacheinander dasselbe
Spiel an. So! Das ging gut. Die Bewegungen
des Schiffes werden stärker, je näher die See ist. Nach
einer Weile wieder dieselben Manöver: die zweite Sperre!
Hier sank am 4. November der „Yorck" über einer
unserer eigenen Minen. Im Nebel. Er liegt mitten
im Fahrwasser, darum doppelte Vorsicht! … Der
Flockenfall hat aufgehört, gegen Westen zu brechen
Sterne aus dem winterverhangenen Gewölk. Wie eine
Zange greift, kaum eine Seemeile entfernt, die Schillig-
hörn ins Watt hinein.

Das Geschwader hat die Außenjade erreicht; etwas
wird die Fahrt erhöht, aber nur für kurze Zeit, denn
die schmale Fahrrinne zwischen Jadeplatte und Roter
Grund, wo sonst das Außenjade-Feuerschiff die Richtung wies, macht sorgfältiges Navigieren nötig …
Dann ist breite Straße, da sich Weser und Jade ver-
einigen. Die Geschwindigkeit wird auf 15 Seemeilen
gesteigert. Westkurs! Stampfend und schäumend hinein
in die Nacht! Wir kommen!

--- — — — — — — — — — — — — — — — — — —

Kapitänleutnant Karsten gab die Wache ab und zog
sich für den Rest der Nacht in die Kabine zurück, der
Mensch braucht Ruhe, um wieder ganz seeklar zu werden nach solch einem Tage wie gestern, weil er sich
sonst ausgibt wie ein Akkumulator. Erst recht der

Offizier in der Front … aber die Ruhe kam nicht …
ach, das Getöse im Schiff, das machte nichts aus …
da konnten sie schon eine Kanone neben ihm abfeuern
(die Frage war, ob das ihn stören würde), ehe er …
aber heut; die Gedanken, die immer wieder um das
Morgen herumschwärmten, wie Bienen m ihre Königin!
Morgen! … Niemand wußte, wo sie morgen sein
würden … ach, Unsinn! jeder wußte das … drüben
würde man sein … gab ja nur noch ein Drüben!
Wär's nur erst so weit! …

Unsanft warf ihn ein starker Stoß gegen die Wand
der Koje, eine plötzliche Schwenkung oder was es gewesen sein mochte … nun döste er doch ein wenig …
wieder ein Stoß … ja ja … 's war schon grad wie
damals, als sie zum erstenmal „rüber"fuhren … früh-
morgens am 3. November war's … im Nebel …
immer Zickzack … vor der englischen Küste durch
das Minenfeld … wo die Fischer noch glaubten, sie
wären Engländer, und winkten. Oh, die Batterien
von Yarmouth waren bald still und die Vettern
auf Kreuzern und U-Booten hatten bald die Nase …
haha … und beim zweitenmal war's noch schöner,
wie unter dem ersten Schuß die ganze Signalstation
weggefegt war, ehe noch die Engländer ihren bunten
Fetzen hatten hochhissen können … im Frühlicht des
16. Dezember war's … und dann Salve auf Salve,
bis die Befestigungswerke von Scarborough in Trüm-
mern lagen … hat nicht lange gedauert. Zurück,
durch die feindliche Postenkette! … ein Seemannsstück!
Und … war das eine See an dem Tage, als ob

sie sich mit ihrer ganzen Majestät zeigen müßte. Ein
Wogen und Wallen, hei! und ein Gischt! Selbst der
große „Seydlitz" steckte seine Nase tief in die Wellen...
und stampfte ... und ... wiegte ... auf ... ab ...
auf ... ab ...

- -

Der 24. Januar wird Sonne bringen, die Luft
ist sichtig, der Himmel wolkenlos klar, die See stark
bewegt. Das Geschwader marschiert in Kiellinie,
rechts rangiert, hinter „Seydlitz" die Panzerkreuzer
„Moltke", „Derfflinger" und „Blücher". Die Flanken=
deckung achteraus bilden „Graudenz" und „Rostock",
voraus sichern zwei andere kleine Kreuzer in Steuer=
bord und Backbord mit einigen Torpedobootsdivisio=
nen; so schützt ein Netz von leichten Einheiten das Ge=
schwader vor Überraschungen. Die Marschgeschwindig=
keit ist hoch.

... Backbord voraus, am weitesten nach Südwesten,
hält die schlanke „Kolberg" Wacht. Noch kämpft der
Morgen mit der Nacht. Da blitzt für Sekunden überm
südwestlichen Horizont ein Lichtschein ... denen nicht
entgangen, deren Augen auf der Brücke droben für das
Geschwader wachen ... jetzt zeigt schon das Glas
einige vage Umrisse ... Bugwasser ... einen Mast ...
zu seiten quirlende See, und, nur soeben sichtbar, dün=
nen Rauch über dunklen Flecken, hart am Hori=
zont ...

„Klar Schiff!" ... „Klarrrrrrr ... klarrr ...
rrrr" ... rasselt der Wirbel durchs Schiff. „Möchte
wetten, es ist die ‚Arethusa' mit der dritten englischen

Zerstörerdivision." — „Werden's bald wissen. Bug=
geschütze, klar zum Feuern!"

Die „Arethusa" antwortet nicht gleich, die dunklen
Zerstörer spritzen auseinander, damit sie nicht im Schuß=
feld bleiben (wäre doch etwas ungemütlich); dann
kommt der erste Gruß. Wir haben uns bald ein=
geschossen; nach jedem Treffer, den die Wanten der
„Arethusa" zeigen, visieren die blitzenden Augen der Ge=
schützführer doppelt so scharf und vergnügt über die
blanken 10,5 cm-Geschütze . . . und die Schüsse sitzen!
Nach kaum halbstündigem Feuergefecht dreht der Geg=
ner nach Südwesten ab, die „Kolberg" bleibt ihm auf
den Fersen . . .

In den Antennen summen die Funken, die Mel=
dung zum unsichtbaren Geschwader. Es geht auf
Acht . . . und vom Flaggschiff kommt Antwort: „Sam=
meln!" — „Na?" Was war da los? Sammeln? Also
kehrt. Nach ONO zurück zum „Seydlitz"!

––

Unwirsch warf sich im Halbschlummer Kapitänleut=
nant Karsten herum. „Rrrrrrrrr" ging's los neben
ihm. Schon wieder der Wecker?! War doch viel zu
früh . . . „Rrrrrrrrr . . . rrt . . . rrt . . . rrt" . . .
Das! Mit einem Satze war er hoch . . . Wahr=
haftig . . . jetzt auch Trompetensignal . . . Das war
„Klar Schiff!" Raus!

Fünf Minuten später betrat er die Kommando=
brücke. Unerwartet, denn sein Dienst begann erst um
Neun. „So? Ach nee!" kriegte sein Freund Keller
zur Antwort, der ihn an der Treppe empfing, „meinst,

ich ließe dir den Vortritt, wo so schon so selten was
los ist! Nee, min Söhn! Aber nun sag', wat geit et?"
Scherzend fiel er in seinen heimischen Dialekt. Heinz
Keller zeigte ihm die Morsestreifen ... „Da, der kam
zuerst: ‚Kolberg‘ Gefecht mit feindlichem Kreuzer und
Zerstörern, dränge den Gegner nach SW ab ... und
kaum zwei Minuten später die Meldung von der ‚Stral=
sund‘: Steuerbord voraus acht große feindliche Schiffe!"
— „Na und?" — „Die Fühlhörner werden schon ein=
gezogen, die Aufklärer fallen auf das Geschwader zu=
rück ... der Chef ist übrigens droben ... ich ver=
schwinde in die Funkenbude ... Heil!" — „Und
Sieg!" ... Karsten meldete sich und trat auf seinen
Posten als Manövrieroffizier. Das Geschwader lag
noch auf Westkurs. WNW. Eben tauchten am Hori=
zont die zurückkehrenden Kleinen Kreuzer auf mit ihren
Begleitschiffen, aus SSW die „Kolberg", aus dem
Nordwesten die „Stralsund". Vom Feind war nichts
zu sehen.

An der Leine flattert Buntzeug auf und nieder...
die Kreuzer gehen nach Backbord reichlich näher an die
deutsche Küste heran, mit Kurs nach Südosten ...
Karsten gibt die Befehle für das Ruder an den Ruder=
gänger vor dem Kommandoturm weiter: „Ruder Back=
bord!" ... und langsam schwenkt der „Seydlitz" aus
der Marschrichtung NW auf Gegenkurs um nach SO.
In seinem Kielwasser schwenkt das ganze Geschwader.
Mancher Signalgast macht verwunderte Augen. Alle
wollen sie so gern an den Feind heran, und nun geht's
auf einmal wieder heimwärts. Warum? Warum?

Aber Karsten hat verstanden. Und schmunzelt beim erstaunt fragenden Blick des Rudergängers. „Seydlitz“ sowohl als „Moltke“ haben ein Bugfeuer von je sechs schweren Geschützen, aber ein Heckfeuer von je acht Geschützen des gleichen Kalibers: es ist also bei diesem neuen Kurs die Möglichkeit gegeben, vier 28 cm-Geschütze mehr ins Feuer zu bringen ... und außerdem... sollen wir hinter den Engländern herlaufen und warten, bis sie von ihrer nahen Basis noch mehr überlegene Kräfte heranziehen, eher haben wir die Pflicht, das zu versuchen; je näher der eigenen Flottenbasis, desto größer die Aussicht auf Sieg ... dazu bei diesem Wind und dieser See ... ja, ja, das ging freilich den biederen Friesenschädeln nicht ein ... „Kinder, die Engländer müssen's ausfressen, macht euch keine Gedanken.“

Hinter ihm im Kommandoturm hörte er die ruhige Stimme des Geschwaderchefs, des Konteradmirals Hipper. Durch den Sehschlitz konnte er von außen erkennen, wie der Admiral den Turm verließ ... nun ging er mit großen Schritten bis an den weit ausladenden Platz der Signalgäste in Steuerbord, dort stand er mit dem Stab, die Gläser kamen nicht von den Augen, erregt tauschten sie Worte, die Karsten bis zu seinem Platz nicht mehr hören konnte ... Da winkte ihn sein Kommandant heran, er kannte seines Kapitänleutnants gute Augen ...

Karsten hatte das Glas vor den Augen und sah ... aber er traute seinen Augen nicht recht ... es waren fünf große Panzerschiffe ... aber wie kamen die in den Südwesten nach Steuerbord... „Stralsund“

hatte sie doch vorher im Norden signalisiert ... seine
Gedanken jagten sich, während er in scharfer Beob=
achtung des Rätsels Lösung suchte ... hinter sich hörte
er die Vermutung, es seien die Einheiten, denen „Kol=
berg“ auf den Fersen war ... Unsinn ... da! nun
machte das vorderste Schiff eine kleine Wendung nach
Steuerbord ... Wie ein Blitz erfaßte Karsten den
Schattenriß, der sich ihm bot ... „Steuerbord achter=
aus fünf feindliche Panzerkreuzer, vorderstes Schiff:
Lionklasse!“

Also führten die da drüben 34 cm-Geschütze;
unser stärkstes Kaliber ist 30,5 cm, die hat nur der
„Derfflinger“, die anderen als schwerste Artillerie 28 cm-,
und der „Blücher“ gar nur 21 cm-Geschütze ... An
Mittelartillerie zwar werden wir überlegen sein, aber
der Engländer wird sehr auf der Hut sein, daß er nicht
so nahe herankommt, daß ihn unsere Mittelartillerie
erreichen könnte ... Die Entfernung mochte jetzt etwa
zwölf Seemeilen betragen. Die Uhr zeigte Zehn.

Der Feind kommt nicht näher, aber er sucht immer
mehr nach Süden auszuholen, um uns von der Küste
abzudrängen und unseren Weg in die deutsche Bucht zu
verlegen. Der Gegner läuft mindestens seine 28 Knoten,
wir bringen’s höchstens auf 25, sonst bleibt der „Blücher“
zurück. Langsam laufen uns die Gegner auf ... gegen
$10^1/_4$ Uhr fällt der erste Schuß, drüben ... auf 18 km
Entfernung ... Aber erst bei 16 km langt’s bis zu
uns hin ... Inzwischen haben wir Formationsände=
rung vorgenommen, damit jedes einzelne Schiff seine
Bestückung mehr ausnutzen kann: „Staffel Backbord

achteraus . . .“ Der Gegner antwortet mit dem gleichen
Manöver . . . Nun kreuzt sich Lage auf Lage . . . da=
zwischen immer kurze Pausen . . . der Erfolg muß fest=
gestellt werden . . . wir können zufrieden sein . . . Unsere
28 cm-Granaten pflügen blutige Bahn . . .

Die Brücke ist leer, das Schiff wird vom Turm
aus gelenkt, auch das Ruder . . . Karsten steht im
engen Turm am Rudertelegraphen . . . Draußen krachen
die Salven unaufhörlich . . . hier innen arbeiten die
Hirne fieberhaft, hier laufen alle Meldungen des Ge=
schwaders zusammen . . . gute und . . . „Blücher‘ funkt:
Maschinenhavarie“! . . . Also stopp, wir können ihn
nicht zurücklassen . . . Die Geschwindigkeit wird ver=
langsamt . . . doch doppelt erbittert brüllen unter uns
die Turmgeschütze . . . unablässig wendet der Kom=
mandant das Schiff, um nacheinander alle, auch die
oft feiernden Backbordgeschütze, ins Feuer zu bringen . . .
Immer mehr verringert sich schließlich die Entfernung . . .
Vor unseren Sehschlitzen sprühen die Flammen aus
tapferen Rohren . . . und donnernd wälzt sich das
Krachen über die See.

Es war Hohlebbe und vom Ostfort sah man weit=
hin das Watt aus den Fluten tauchen. Borkum=Reede
stand hoch aus dem Wasser, und auf die Hohe Hörn
in nächster Nähe stießen mit hungerndem Schrei die
Möwen in Scharen auf der Suche nach Kleintieren.
Vor den Kasematten hatten sich’s die Artilleristen be=
quem gemacht in der schon wieder wärmenden Sonne;
hier merkte man noch, daß Sonntag war. Und erst

gar die, die ins Dorf fahren durften, um die Feldpost
zu holen. Das bißchen Pumpen auf der Dräsine war
bei den Aussichten der reine Sport, und Siebo Hick=
mann fing schadenfroh beim Abfahren den beneidenden
Blick auf, den ihm sein treuer Hannjörg zuwarf. Er
glänzte allerdings auch herausfordernd übers ganze
Zifferblatt. Aber warum auch nicht? Erstens kam man
mal wieder aus den Löchern heraus, in denen sie lebten
wie die Dünenhasen, zweitens holte man Feldpost und
drittens konnte man, während Leutnant Franke auf der
Kommandantur war, mal grad nebenan zu Tante Quast
springen, wo Hans Voget hauste, mit dem er zusam=
men in so manchem Semester die schwarz=weiß=gold=
nen Farben trug. Der als Festungsgeistlicher hatte
gewiß auch seit ein paar Tagen schon wieder einen
neuen Hallenser Kriegsrundbrief, der zu ihm selber
reichlich drei Tage länger brauchte für gewöhnlich...
na also!... Derweil hatten sie schon die Möwen=
kolonie hinter sich und umfuhren in weitem Bogen das
Ostland; ja wenn man ordentlich anpackte, lief die alte
Karre ganz anständig auf dem schmalspurigen Strang
der Dünenbahn... „Halt!" befahl da Leutnant Franke.
„Hört ihr nichts?"... Alle horchten gespannt nach
den Dünen zu, wohin des Leutnants Arm wies. Ja
wahrhaftig, da war was... „mbu mbu... buwww...
bububb..." wie fernes Knurren und Bellen... Das
kam von See. „Vorwärts, schnell bis zur Jägerhütte
am Muschelfeld!" Und sie fuhren noch einmal so schnell.
Im Nu standen sie mit ihrem Leutnant auf den Dünen
droben. Hier war's ganz deutlich zu hören, im Nord=

westen, da, wo das Muschelfeld von den weißen Käm=
men begrenzt wurde und die See wie ein silbergrünes
Band sich vom Himmel schied, da herüber kam's . . .
dumpf . . . aber immer lauter . . . „Wummm — wumm=
bumm — bumm . . . rumbumbumm . . . bum!“ Auch
in den nahen Batterien ward es lebendig. — In eilen=
der Fahrt kamen sie ins Dorf, die Dünen zur Rechten
waren schon gekrönt von Kameraden und Borkumern . . .
Leutnant Franke verstand den bittenden Blick der Leute,
schon in der Tür der Kommandantur rief er ihnen noch
zu, sie dürften hin und sehen. „Aber in einer halben
Stunde, um 11 Uhr, geht's wieder nach Hause!“ Jetzt
fragte Siebo nichts danach, wo er wohl Voget treffen
könnte. Sprung ab, marsch marsch ging's zur Ret=
tungsstation; dort ist der weiteste Blick. Heftig erregt
standen sie schon zu wenigstens dreißig da droben auf
den Backsteinfliesen, über die die Gleitbahn des Ret=
tungsbootes zum Strande läuft.

Immer lauter ward der Geschützdonner im Nord=
westen. Es wunderte einem fast, daß nicht die See
da hinten, woher der Ton zu kommen schien, hoch auf=
wallte und schäumte. Gebannt hingen die Blicke am
Horizont. Sicherlich war das eine Entscheidungs=
schlacht . . . Das konnte aber ein anderer wieder demen=
tieren, der geheimnisvolle Beziehungen zur Funken=
station zu haben sich rühmte. „Es ist nur 's Kreuzer=
geschwader draußen heut“! Jedenfalls war's aber
was Besonderes! Ja. Zweifellos. Wenn's nur ge=
länge, den Feind unter die Batterien von Borkum zu
locken. „Tja, dor up waarten se man bloß nur!“ und

wie liebkosend liefen seine Augen nach rechts hinüber,
wo die Beobachtungstürme der nächsten Batterie mit
ihren Sehschlitzen lauernd über den Dünenrand lugten…
Mit kurzen Pausen kam der Schall über die Wogen,
verbittert anschwellend, wenn der Wind günstig stand.

Unten am Strand brachen sich ruhig die verlaufen=
den Wasser der Ebbe … oder kam die Flut schon wie=
der? Die Buhnen standen weit ins Meer hinein noch
trocken. Niemand ward des Spähens müde, solange
so unvermindert der Donner vom Nordwesten her rollte.
Einige aber behaupteten steif und fest, so um Uhr acht
früh hätten sie schon mal donnern hören, eine Viertel=
stunde lang höchstens und ganz leise, denn der Wind sei
da noch anders gestanden als jetzt. — Deutlich konnte
man jetzt gar ab und zu einzelne Salven unterscheiden.

Plötzlich gingen die Köpfe herum. Und die Hände
vor die Augen, zum Schutz gegen die Sonne. Hoch
droben schimmerte der schlanke Leib des Emdener Zeppe=
lin im Sonnenglast wie ein Silberfisch. Geräusch der
Schrauben kaum zu hören … hoch und still zog er
seine Bahn … aber schnell wie ein Pfeil … dem
Donnern entgegen. Jauchzend grüßten ihn die Harren=
den auf Borkum … Dann verschwand er im fernen
dunstigen Blau …

Aus der Emsmündung lief in hoher Fahrt die
„Arkona“; als ihr Bruder in den Lüften verschwand,
kam ihre Rauchfahne gerade aus der Richtung der Segel=
buhne in Sicht. Man sah, daß er alles hergab, der
kleine Kreuzer, um vorwärts, vorwärts zu stürmen …
den Brüdern zu Hilfe … Und neu und hart kam es

über die See ... Wumm! Wumm Wummmbum ... bumrrrum!

Das lockte, das zog, das mahnte!

„Es hilft nichts, ‚Blücher‘ bleibt zurück.“ Leutnant Koenigs sprang an den Sehschlitz. „Wahrhaftig! Der Brand ist ja vorläufig noch nicht so schlimm; aber daß er die Fahrt nicht halten kann!? Allerdings liegt der arme Kerl im konzentrischen Feuer des ganzen britischen Geschwaders und erreicht dabei mit seinen 21 cm den Feind überhaupt kaum.“ — „Und sein dünner Panzer hält kaum mehr lang!“ Josten mußte schreien und doch gingen seine letzten Worte unter in dem krachenden Donner der neuen Salve der vier 28 cm-Rohre, die in den zwei übereinander liegenden schweren Türmen zu ihren Füßen das Achterdeck des „Moltke“ überhöhten. Der ganze Kommandoturm schütterte. Josten hatte den Hörer umgebunden, der ihn an die Leitung nach dem vorderen Kommandoturm anschloß... „‚Seydlitz‘ hat einen Volltreffer in den Unterbau des vorderen 28 cm-Turmes bekommen, geringe Brandwirkung. Der Turm feuert weiter.“ Koenigs wendete kein Auge vom „Blücher“. Immer höher leckten die Flammen, sie wurden doch nicht Herren über das Feuer ... Nun gar ging er seitlich aus der Staffelformation heraus ... Jetzt verdeckte ihn der „Derfflinger“ ... Da schreit Josten wieder vom Telephon: „Alle Maschinen versagen, funkt ‚Blücher‘“ ... vom „Seydlitz“ die Antwort: „Handeln Sie nach eigenem Ermessen!“ — „Der ist geliefert!“ Aber ohne Zögern gibt Josten auch diese Nachricht, wie bisher alle, an die ihm erreichbaren Gefechtsstationen weiter ... er weiß, die Antwort ist nicht Entmutigung, sondern Trotz, und wie ein Echo brüllen draußen die Turmgeschütze... Der „Moltke" ist nicht ein einziges Mal ernsthaft getroffen. Splitter sprühen genug umher, aber wenn's nicht dicker kommt, hat's nichts auf sich ... nur schade, daß sich die Briten nicht in den Bereich unserer Mittelartillerie wagen. Die sollte sie schön sieben. „Lochstickerei" würde Karsten sagen. Ob der noch heil war auf dem „Seydlitz"? Beim ständigen Wenden des Schiffes füllten immer neue Bilder das Sehfeld ihres achteren Kommandoturmes. Vom Gegner war ohne Glas nur Rauch und Feuer zu sehen. Aber durch sein Goerzglas konnte Koenigs genau beobachten, welche Wirkung das eigene Feuer hatte.

Die Schlacht war ja so anders als jeder sie geträumt. Nicht ein furchtbares Höllengetöse, kein Kampf mit allen Kalibern ... nur die schwersten Waffen wurden gekreuzt ... und wie bei Trafalgar vor hundert Jahren warfen sich die Gegner ganze Salven, Breitseitlagen und Heckfeuer, geschlossen entgegen. So gab es relative Feuerpausen, ein Vorteil für die Führung der Geschwader ... Mittelartillerie und 8,8 cm waren zum Schweigen verurteilt, nur bei jedem Versuch feindlicher Flottillen, zur Attacke vorzubrechen, schmetterte ihr helles Bellen zwischen den Kontrabaß ihrer großen Brüder von gut dreifacher Seelenweite.

Koenigs stellte gegen ³/₄11 Uhr beim Feinde bereits den ersten Brand fest, auf dem Flaggschiff. Die Namen

waren auf die Entfernung nicht zu entziffern, und nur
der Typ zu erkennen. „Sie schießen schlecht!“ — „Auch
der ‚Blücher‘ beweist nicht das Gegenteil!“ Der „Derfflinger“ vor ihnen schien wie gefeit, kaum daß ein paar
Spieren und Davits über Bord gegangen waren…
Drüben zeigten die Wände klaffende Löcher… namentlich Nummer Zwei, die im Feuer des „Derfflinger“
und „Moltke“ lag … 28 cm und 30,5 cm zeigten
sich einander ebenbürtig …

Wieder zuckten neue Lagen beider Schiffe hinüber…
deutlich sah man den Aufschlag der Geschosse… Aufschlag? Durch gingen sie, dem Gegner ins Herz!
Mit jauchzendem Laut auf den Lippen preßte sich Koenigs
noch näher an den Spalt, durch den er das Feuer
beobachtete… Nummer Zwei drüben brannte auch…
und … und … Josten, Mensch, siehst's? … verliert
Fahrt … fällt ab, nach Feuerlee, während die Flammen hoch über Deck schlagen … Mast und nächster
Schornstein hängen außenbords … Rache für „Blücher“! … Ganz schert der Engländer aus der Staffel aus … ein Loch klafft zwischen Eins und
Drei … So recht! Noch eh' Drei aufschließen kann,
ist auch unter konzentrischem Feuer das Spitzenschiff
schwer getroffen … ha … wie bei dem Anblick
sich die Lungen tief, tief vollsaugen in Jubel und
Freude … Nun ist die Reihe des Gegners zerrissen,
zwei Kampfgruppen von je zwei Schiffen mit reich-
lichem Abstand, so sieht jetzt die englische Linie aus…
kühl, wie er's hundertfach im Manöver getan, no-
tiert Koenigs genau die Phasen des Kampfes …

„11 Uhr 10 Minuten Nummer Zwei beim Feind außer Gefecht.“

Josten steht fiebernd vor Freude am Schalltrichter zum Heizraum. Die horchen auf da unten vor den rotglühenden Feuerungen! Halbnackt und schwarz stehen sie da in der siedenden Hitze, in die auch die Ventilatoren kaum einen kühleren Hauch tragen. In bleichen Rinnen rieselt der Schweiß am verrußten Leib hinunter ... Nur flüchtig wenden sie den Kopf, als die sieghafte Kunde durch den Raum schwingt ... doppelt hoch gefüllt fliegt die nächste Schaufel Kohlen in den Höllenrachen der Feuer. Zähneknirschend vorhin beim „Blücher“ und jetzt mit leuchtenden Augen. Nur eine Antwort bei Schmerz oder Jubel ... doppelt heilig die Pflicht! Und trotz Schwitzen und Keuchen und Kohlenstaub flammt’s, mit dem Feuer gleich an Glut, schluchzend und heiser aus trockenen Kehlen ...

Zurück fährt Josten vom Hörrohr, zuckend arbeitet’s in seinem Gesicht ... „Ernst! ... hier ... Ernst, höre!“ Stumm stehen die Zwei, und ins Donnern der Lagen klimmt siegend herauf aus des Schiffes Tiefen... siegestrotzig ... der hehre Schwur: „Wie Schwert-geklirr und Wogenprall ... fest steht ... und treu ... und treu ...!“ Aug’ in Auge stehen die Freunde ... wortlos in wehem Erinnern, in stummem Verstehn: „Gneisenau!“ ... Wir kommen!

V 5 folgt vorsichtig im Kielwasser des sinkenden „Blücher“, der oft minutenlang unbehelligt bleibt; in die 15 cm-Kasematten spülen schon die Wellen hinein.

Lange wird's nicht mehr dauern … himmelhoch leckt die Lohe aus dem wunden Schiff … Da flitzen englische Zerstörer heran! … Also deshalb schwieg eben das Feuer! Allein umsonst, zwei wuchtige Lagen der 15 cm-Geschütze sprühen den schwarzen Booten entgegen … Kehrt marsch wenden die Zerstörer, aber zwei liegen auf dem Grund. Heil „Blücher"! Bis zum letzten Atemzug macht er seinem Namen Ehre. Bewundernd gleiten die Augen über den sinkenden Panzer, stolz auf die Brüder, die dort in Glut und Qualm noch Schuß auf Schuß dem Feinde entgegenwerfen, den Untergang vor Augen.

Nun kommen wieder die „Koffer" geflogen von drüben … ein Treffer und V 5 wäre gewesen … aber geschickt weiß der Kommandant auszuweichen, wenn auch die einschlagenden Granaten nur wenige Meter vom Boot ihre Riesenfontänen springen lassen … Auf den „Blücher" freilich findet noch mancher Treffer den Weg, denn er liegt fast still … da ist Treffen ja Kinderspiel … Gut nur, daß die See nicht so wild ist, so kann man doch hoffen, noch manchen zu retten, wenn die Schotten bersten und der Bruder sinkt.

V 5 geht näher heran, in Deckung unter die Backbordseite des „Blücher" … Entfernt schon fährt das eigene Geschwader … beim Gefecht hat es wenige Strich nach NO gehalten … so aus der Entfernung sieht's aus, wie jedes gewohnte Manöverbild … Aber der „Blücher" zur Seite! Sprache der Not! … Vom niedrigen Boot aus ist keine umfassende Sicht … sonst wüßten sie auf V 5, daß der Bruder gerächt ist.

Da! Ein rasendes Schnellfeuer wieder vom „Blücher" ... zugleich der Befehl vom fernen Flaggschiff ... „Torpedoboote ansetzen!" ... Unverzüglich rasselt der Maschinentelegraph los: „Äußerste Kraft!" ... V 5 jagt hinter dem vorderen Steven des „Blücher" hervor ... ein kurzer Blick und wilde Freude läßt das Herz hämmern bis zum Halse hinauf ... aber kühl und eisern ruhig kommen im nächsten Augenblick die Befehle ... Schräg im Süden zwei Engländer ... der eine pendelt ab ... mag er gehn! ... der andere kommt ... mit Kurs auf „Blücher" ... er hat auch schwere Treffer ... aber macht noch einige Fahrt ... will scheint's dem „Blücher" den Gnadenstoß geben ... „Warte, min Söhn, wir wenden das Blatt!" ... V 5! jetzt schütze den Bruder! ... und hinein in den Hagel von Eisen ... Ran!

„Wie hoch?" — „1050 m" zeigt der Höhenmesser. — „Anstieg auf 2000 m! ... Höhe halten!" ... Die Motoren surren, pfeifend zwängt sich die Luft durch den Mittelgang bei der rasenden Fahrt; 22 Sekundenmeter; in dieser Höhe ist kaum Gegenwind ... aber Wolken, leichte Federwolken unter uns ... gut so, da fahren wir in Deckung bis über den Feind ... es geht auf ½12, aber die See dehnt sich noch leer und öde zu unseren Füßen, stahlfarben ...

Wir stehen in der Führerkabine, weite Sicht durch die Bugfenster ... Ab und zu stellen wir die Motoren ab, um die Richtung des Kanonendonners festzustellen, und lassen uns treiben ... Denn sowie sie wieder anspringen, ist's mit Hören vorbei. Wie eine flache Schale sieht das Meer aus, in die am Horizont im Norden immer neue Wogen hineinkippen und gegen unseren Fußpunkt hin scheinbar einer tieferen Ebene zufluten ... ewig das gleiche Spiel.

Wir hängen wieder vor dem Wind. Laut donnert von Norden herüber die unsichtbare Schlacht. Nach zehn Minuten Flug haben wir das Schlachtfeld vor uns. Mit dem Glas sind deutlich zwei Kampfgruppen zu unterscheiden; aber erst nach einer ganzen Weile taucht der Gegner auf über der Kimmung. Wer Freund ist, wer Feind, können wir noch nicht erkennen ... sachte steigen wir höher in die leichten Schleier der unteren Wolken und lassen den Sender Fühlung herstellen zwischen dem „Seydlitz" und uns. Bald wissen wir Bescheid: vor uns die Kampfgruppen sind Engländer. Wir stehen jetzt senkrecht über ihnen, so sind wir vor ihnen sicher und zugleich vor den Granaten des eigenen Geschwaders ... Der eigentliche Kampf spielt sich östlich von uns ab, wo, die weit entfernten leichten Streitkräfte abgerechnet, zwei Staffeln von je drei Panzern gegeneinander Eisen sprühen ... bei uns fehlt der „Blücher", beim Feind die zwei Schiffe, die unter uns, nur wenige Seemeilen vom „Blücher" entfernt, langsam westwärts dampfen. Der eine macht kaum noch Fahrt, eine Horde Zerstörer schwärmt um ihn her, und kann doch nicht helfen. Wenn ihn keiner ins Schlepptau nimmt, wird er nicht mehr weit kommen ... Der andere steuert in langsamem Kurs auf den brennenden „Blücher" los ... lautlos sehen wir die von hier

oben winzigen Schiffchen sich bewegen, lautlos kämpfen ... lautlos Hunderte verbluten ...

„800 m Fall ... Zwei Strich Backbord!" ... Nun
hängen wir 1200 m über dem Engländer ... da faßt
mich der erste Steuermann hart am Arm ... Dort! ...
In jagendem Lauf schießt hinter dem „Blücher" ein
schwarzes Boot hervor ... hierher! ... Unschlüssig
schwankt der Engländer im Kurs ... Die Torpedo-
boot-Abwehrgeschütze sind lang über Bord geschmettert
von den 30,5 cm-Granaten des „Derfflinger" ...
Fertig! ... Eine schneidige Wendung des Bootes ...
und deutlich sehen wir, wie der Torpedo daherkommt,
hinter sich ein Kielwasser voller Blasen ... unter uns
eine lautlose Explosion, bis zur Höhe der Masten schäumt
die See ... der Engländer liegt still mit schwerer
Schlagseite in Steuerbord ... heran jagen feindliche
Zerstörer ... gerade recht, um die Schwimmenden aus
dem Strudel des sinkenden Schiffes zu ziehen ... Zu
gleicher Zeit erfüllt sich das Schicksal vom „Blücher" ...
Und wir hängen wieder 1800 m darüber ... mit gebun-
denen Händen, und dort unten ertrinken die Brüder ...

Langsam dreht unser Luftkreuzer seinen Bug nach
Osten ... Kurs auf das englische Geschwader. Höhe
2000 m. Unablässig tobt der Kampf. Brand und Rauch
lagern über den Schiffen, draus hervor züngeln die
Blitze. Unser Geschwader ist stark im Vorteil, seit
die Kräfte an Schiffszahl 1:1 stehen. Bei jeder Lage
vermehren sich unter uns die Treffer; von oben gesehen
sind die Decks ein wüstes Chaos ... unaufhörlich donnern die panzerbrechenden Geschosse gegen die Schiffs-

wände. Gespannt warten wir kreuzend über dem Feind
auf den Ausgang ... Das Feuer des eigenen Ge=
schwaders verlegt uns den Weg nach unten, und Bom=
ben aus dieser Höhe sind zwecklos ...

Da wendet plötzlich das Spitzenschiff unter uns ...
das Feuer wird gestoppt ... die ganze Staffel des Fein=
des schwenkt auf Westkurs ... und schützend legen sich
Zerstörer im Fächer hinter den flüchtenden Feind ...
Der läuft mit hoher Fahrt ... westwärts.

Wir mit. Doch wir nicht allein. Drunten die
Silberfische, siehst du sie? da ... und dort ... hier
unter uns zwei! ... hell heben sie sich von dunkler
Meerestiefe ... die fürchtet der Feind ... und hinkt
nun heimwärts ... den einen zerschossenen Panzer im
Schlepptau, den anderen sieht er nie wieder ...

Wir den „Blücher" auch nicht ... werden noch mehr
im Laufe des Krieges, die den Lorbeerkranz mitnehmen
ins Grab ... Denn wir ringen gegen Übermacht.
Und kommen doch hinüber! Vertrauend grüßen wir
jene da unten, die mit uns gen Westen die Fahrt nun
beginnen. Den Brüdern die Bahn zu bereiten. Wir
kommen alle! Bahnbrecher voran!

Wir Silberfische in Luft und Meer. Wir kommen!!!

Ende.

Schreiner, Hohe Fahrt!

Inhalt.

www.ingramcontent.com/pod-product-compliance
Lightning Source LLC
Chambersburg PA
CBHW021704110726
47902CB00007B/2065